殭屍王妃

NOVEL 偽裝的魚
ILLUST 水々

1 這個殭屍有點萌

朱璃睿景（七王爺）

淳安王的弟弟，
大齊國的神醫王爺，
天生殘疾，個性溫柔和順，
屬治癒系美男。

月嫵

淳安王的側妃，
一直愛戀著淳安王。
空有傾國美貌卻不能讓所愛的
人有一絲心動，因此嫉妒能讓
淳安王有所波動的寧子薰。

雲初晴

因為父親是雲丞相，
才被淳安王立為正妃。
她喜歡淳安王，
可卻不得不成為父親的棋子。

馬公公

淳安王身邊的得力心腹，
雖然古板面冷，
其實卻是個愛操心的老人家。

小瑜

十七歲的控屍道士。外貌清秀可人，但沒事就愛炸毛，口是心非，明明超喜歡，卻要說「討厭，不要」。技能是「控制殭屍」。

寧子薰（洛菲）

年齡不明，據說只要不被爆頭就可以一直活下去。個性呆萌，正在努力學習適應古代人類生活。她是來自末世的殭屍，任第五戰區防禦部隊第三偵察小隊隊長。技能是「力大無窮」，可以舉起相當於自身幾十倍的重物。

朱璃蒼舒（淳安王）

二十六歲，大齊國攝政王。個性冷如冰山，如狼般狡詐凶殘，微有抖S傾向，喜歡玩虐寧子薰。技能是「謀定天下」。

CONTENTS

My Zombie Princess

第1章
殭屍也穿越

閃電劃過夜空，耀眼的電光撕裂天幕，在那一瞬間，把黑暗的世界照得恍如白晝。嶙峋的亂石、怒吼的松濤、站在高處被狂風吹得衣袂飛舞的道人……這就是洛菲睜開眼睛看到的世界。

「嘶……人類！」洛菲下意識的齜起獠牙。

身為一個進化型智慧殭屍，她對人類作戰的經驗還是很豐富的，甚至曾經被全球殭屍聯盟授予三等殭士勳章。

眼前這個穿著奇怪袍子的老年男性人類，裝備簡直弱爆了，沒穿防殭屍護甲，手裡拿的武器竟然是木劍！

洛菲猛地跳起來撲向那個人類，結果腳下一滑，跌趴在光滑的「木板」上。她這時才發現自己身上穿著厚重的緋紅長袍，頭上戴著奇怪的金屬「暗器」……她就是被自己的長袍絆倒的。

洛菲爬起來，撕扯身上的衣服，卻聽到另一邊傳來人類少年驚詫的聲音：「師父，這個女殭屍竟然用美人計！」

那個老年人類明顯身形不穩，晃了一下，喝道：「少胡說！這裡風水奇佳，是少有的養屍之地。如果本道沒猜錯的話，這個女屍已化成千年難得一見的『活屍』了！」

「屍……還能活？」那頭髮亂蓬蓬遮住面孔的少年，不可置信的看著手腳根本不僵硬的女屍。

只見她把身上豔紅色的吉服撕成條狀，從棺材裡跳了出來，直奔老道而去。

老道不慌不忙抽出一張靈符擲了過去，靈符貼在女屍身上，可是卻根本沒有作用，女屍跑得更快了，幾步衝到老道面前，伸出尖銳如刀的長爪撲向他……

「困屍網！」老道大吼一聲。

只見一張明黃色的鐵網從天而降，正好罩在女屍的身上，老道和少年快速的用繩索把她綁好。

老道把靈符「啪」的一聲貼在她額頭上，女屍安靜的躺在地上，睜著眼睛望向天空……

不是因為什麼符咒的靈力，而是洛菲根本忘記了掙扎。因為此時，她那雙深灰色的眸子已被滿天繁星的夜空吸引住了。

浩渺無際的天空布滿閃著光芒的繁星，微風輕拂，四周的樹木發出颯颯的響聲，清新的草木芬芳傳入洛菲的鼻子，她不禁被深深的震撼了！

她曾在人類殘存的影像庫中見過這樣的世界，她守著那個殘破的影像機，一遍又一遍的看著那個她從未經歷過的世界。

作為一個有思想的殭屍，她深深的被迷住了！

是人類親手毀滅了那樣一個資源豐富、有著各種生物的藍色星球！在末世的地球，空氣中籠罩著一層灰霧，被腐蝕的地表幾乎看不到綠色覆蓋，只有零星植物。資源極度匱乏，許多人類被病毒感染成了殭屍，世界政府大肆捕殺。之後的幾百年，人類與殭屍就在戰鬥中不斷進化，殭屍也有了智慧種族，雖然殭屍的智慧明顯低於正常人類水準。

然後全球殭屍聯盟要求人類承認殭屍是人類分化的一支，稱為「屍族」，要求與人類擁有同等地位和基本屍權。自大的人類當然不准許比他們更強、更適應惡劣環境的生物存在，所以戰爭越來越慘烈。

身為第五戰區防禦部隊第三偵察小隊的隊長，洛菲在執行任務的途中被一群人類包圍了，她只記得被一記奈米光電子炮擊中……然後，再睜開眼睛，就到了這裡。

她猜想，自己大概是被光電爆炸產生的空間扭曲拋到這個世界了吧。

當然，用幾百年前的流行語說就是——她穿越了！

作為屍族戰士，被一名老年男性和一個亞成體人類抓住，簡直是奇恥大辱！洛菲馬上繃緊了肌肉，開始用力掙扎，尖牙長爪撕扯鐵網。

「不好！師父，你的符失效了！」少年輕盈一閃，躲過長爪。

老道抽出桃木劍，把朱砂黃表紙穿在劍上，口中唸唸有詞，猛地斬向女屍。

女屍張開嘴，一口把劍咬斷，嚼了兩口，皺眉，「呸呸……」吐了出來。

糯米、黑驢蹄子、狗血……老道一樣一樣從寬大的衣袖中掏出來，結果女屍不但不怕，還越掙扎越起勁，眼看那鐵網就要被掙破了。

少年大驚：「師父，這怪物怎麼什麼都不怕啊？」

老道拭了拭冷汗，深吸口氣，說：「看來只有一招能制住她了！小瑜，護法，為師要用靈魄控住她的元神。」

小道童忙站在老道身邊，只見老道從腰間的葫蘆裡倒出些黑色粉末塗在手指上，然後用斷劍劃破手指，把鮮血滴入女屍口中。女屍見血，掙扎得更厲害了。

可是不消半刻，屍藥起了作用，女屍漸漸不能動彈了。老道忙命少年把女屍翻過來，用尖刀劃開她的後腦，再從貼身內衣口袋裡慎重的拿出一枚閃著螢光的紫色精魄放在女屍後腦處，口中唸唸有詞。

只見那精魄很快就融化，浸入女屍的腦中，老道這才鬆了口氣，扯下一條衣布把那傷口包起來。

不一時，洛菲醒來，一把撕開鐵網撲了上來。

只見老道手中突然多了個人形木偶，他用手狠狠一攥，說道：「縛！」

洛菲的身體突然僵直的站住了，無論她如何用力都不能再動半分。

「耶！還是師父厲害！」少年又跳又蹦的歡呼著。

女屍冷冷的看著他們，突然開口道：「根據《新聯盟法》，戰俘有權利要求留下最後遺言並把遺言傳回本部。」

老道和少年都呆住了，嘴張得足可以吞下一顆鵝蛋。

「師……師父，是徒兒耳朵出毛病了吧？我怎麼聽到殭屍在說話？」

老道咬牙瞪著女屍，說：「你沒聽錯！這個活屍竟然還保留著語言能力。不過為師也不知道為何會這樣！從來未見會說話的殭屍，也許是那道天雷劈棺，也許是這裡的養陰地，也許是她死的時辰……機緣巧合。總之，這個殭屍太珍貴了，就算有危險也不能毀壞她。」

師徒二人把困屍網捆好，抬著洛菲向山下而去。一路上，草叢茂密，露水如雨滴在她的唇上，她伸出舌頭舔了舔，露水略帶著野草的清香苦澀……洛菲閉上眼睛，心想：能看到這樣鮮活的世界，被消滅也值了！

可洛菲沒想到，自己竟然被抬到一處人類住宅，還被小心翼翼的裝進密封的木盒子——棺材裡。

不知過了多久，只見木盒的蓋子被打開，那個老年男性人類解開她的繩索。

洛菲從盒子裡跳出來，卻發現房間裡又多了一個人類。那個人類戴著奇怪的銀面具，披著寬大的黑色斗篷，不過身上卻傳來一股淡淡的、若有若無的香味。

殭屍有極敏銳的嗅覺和聽覺，嗅到這股香味，洛菲皺起眉頭，露出尖利的獠牙。

「寧大小姐！」面具人的說話聲帶著金屬般的刺耳。

洛菲靜靜的站在那裡，灰濛濛的眼睛閃著幽光。

「寧大小姐，妳不記得以前的事了嗎？成親當夜暴斃新房，妳不恨那個男人嗎？」

洛菲側頭，僵硬的面孔露出不解的表情，望向少年。

小道童炸毛道：「不是說我，是說妳呢！快點回答啊，說話……就像昨天那樣說幾句！快點！」

洛菲面無表情的杵在那裡，瞪著眼睛就是不說話。

老道掏出那個桃木人偶，口中唸咒，用力一勒，洛菲被勒得齜牙咧嘴，從嗓子裡發出嘶嘶的低吼。

老道和小道童都被這個女活屍氣死了，沒防備時她非得說話嚇人，這回讓她說吧，她又死不開口。

「你確定這個殭屍會說話？」面具人冷冷的問。

老道擦了擦汗，說：「貧道怎敢欺騙您？」

面具人走到洛菲面前，陰鷙的目光盯著洛菲，說道：「就算是死人，也有未了的心願吧？咱們做個交易。妳幫我做事，我可以滿足妳一個要求！」

洛菲呆呆的看著面具人，一動不動。面具人覺得自己跟一具殭屍談話簡直愚蠢至極，轉過身向門口走去。

這時，他聽到身後那熟悉卻略顯僵硬的聲音傳來：「我要自由……」

面具人轉過身，驚訝的看著曾經的寧大小姐——現在的殭屍洛菲。

「我幫你做事，把我腦袋裡的控制晶片去掉，給我自由！」她又重複了一遍。

控制晶片？給她自由？雖然不明白眼前這殭屍所說的物品是什麼，但面具人知道這是對方想要的，也就是他能掌控對方的利器。面具人眼中露出陰冷的光芒，說道：「好，只要妳幫我從淳安王府裡找到兵符，我就給妳自由！」

「兵符……淳安王……」洛菲側頭，機械性的重複著這兩個詞，其實她根本不明白這是什麼意思。

◎※※※◎※※※◎※※※◎

三天後，京郊草廬——

「什麼？讓我男扮女裝去監視殭屍？我不去！」少年拍桌怒吼。

老道一把按住少年，把他那亂糟糟的、長年遮住半張臉的頭髮梳起來，又把作法用的八卦鏡舉在他面前……

鏡中立刻顯出一個風姿絕麗的美少年——他生著一雙秋水般的眸子，櫻脣丹臉，皮膚細嫩，精緻的面孔比女子還妖嬈嫵媚。他的面孔與道士身分極不相符，所以老道才不讓他束髮，弄得跟刺蝟一樣用頭髮遮住臉部，以避免不必要的麻煩。

說實話，看過他這張臉的，目前也只有老道一人。

老道捋著山羊鬍說道：「徒弟呀，混入武英侯府只有你能勝任。當然，如果你完成了任務，『活屍』就歸你了！」

「真的？」那個會說話的殭屍如果煉成屍煞，一定會比普通殭屍更厲害十倍！少年不禁動搖了，他問：「裝成女子真的有師父你說得這麼容易嗎？」

「這有什麼難的！更何況你的長相不輸給為師年輕時俊美，打扮起來根本不會有人懷疑！記著……步子邁小點，說話聲細點，沒什麼好害怕的。」

少年看著師父那一臉核桃紋，還真想像不出師父他老人家年輕時是什麼樣子……

這時，老道遞過兩個饅頭，少年接過來剛想咬，卻被師父打了個栗暴。

「死小子，這不是吃的！吶，放到胸前！」

少年：「(+﹏+)……」

◎※※※◎※※※◎※※※◎

武英侯府傳來一個爆炸性的消息，在新婚當夜暴斃而死的長女寧子薰竟然活了！

端坐在太師椅上的武英侯國字臉龐，因為常年征戰在外，身上自然透露出一股威嚴。此時他正死死盯著跪在地上面無表情的寧子薰，重複著跪在一旁長相俏麗的小丫頭的話：「妳是說子薰因為突發心絞疼而假死過去，甦醒過來發現自己在棺中，用力敲打棺蓋，正好妳路過聽到，便挖開墳墓把她救出來？」

怎麼聽都十足牽強！

不過那個梳著兩個環髻的丫頭卻堅定的點點頭，說：「的確如此，大小姐在棺材裡憋得時間過長，大腦缺氧，所以就成了這樣子……」

武英侯沉目不語，說：「來人，把夫人和子薰的奶娘請來辨認、辨認！」

一直躲在螺鈿黑漆屏風後面的武英侯夫人等不及傳喚，早已奔了出來，一把摟住寧子薰號啕大哭：「我苦命的兒啊！」

寧子薰皺眉，微微咧開嘴，隱隱可見尖利的獠牙……那個小丫頭忙咳了一聲，她才平靜下來一動不動。

不錯，那個小丫頭正是小道童假扮的，面具人怎麼可能放心洛菲單獨入侯府？小道童手中有那個控制人偶，所以洛菲什麼事都得聽他指揮。

看到夫人激動的樣子，武英侯揉了揉太陽穴，對寧子薰的奶娘說：「妳來辨認一下，是不是真的大小姐！」

奶娘上前掀起寧子薰的衣袖，看著手臂上那處小時候被狗咬傷留下的傷疤，也不禁大哭起來：「侯爺，真是大小姐啊！這傷疤連顏色和位置都一模一樣，若說是假造，也造不出十多年前的舊傷啊！」

「薰兒啊，妳還認不認得娘？」夫人撫摸著她蒼白略帶青灰的面龐。

「娘……」寧子薰側著頭，看著這個面容端莊的人類，迷惑的問道：「是什麼東西？」

武英侯夫人咚的一聲暈倒在地，小丫頭捂臉不語。

眾人七手八腳把夫人抬回房，一邊去請醫生、一邊去找藥，亂成一團，只有寧子薰還像根木樁般的一直矗立在原地。

奶娘怯生生的問老侯爺：「那大小姐……怎麼辦？」

武英侯咬牙喝道：「還嫌不夠丟人？帶回後院鎖上！」

奶娘扶起大小姐向後宅走去，小丫頭也忙跟在身後。奶娘皺著眉說：「到帳房領賞錢去，跟著我幹嘛？」

小丫頭手縮在袖子裡，嬉笑道：「大小姐已經答應我了，說為了報答我的救命之恩，讓我當她的貼身丫鬟。是吧，大小姐？」

寧子薰毫不猶豫的點頭，因為那個死小鬼手裡正捏著她的「命根子」呢！說不同意馬上就得爆頭而亡！

奶娘看了小丫頭一眼，說：「妳叫什麼名啊？」

「我叫小瑜。」小丫頭衝奶娘微微一笑，露出兩顆小虎牙。

「小魚兒？看妳也挺機靈的。既然大小姐說留著，就先留下吧，等夫人同意才能寫賣身文書。髒不拉嘰的，也不知有沒有蝨子，一會兒洗乾淨換了衣服再進來！」奶娘嫌惡的說。

奶娘把寧大小姐送到以前所住的香閨——斂春齋，然後叫人打水給她沐浴更衣。

因為與面具人有約在先，在執行任務期間不能對任何人類有傷害行為，不能做違背命令的事，所以寧子薰很配合的忍受人類對她「為所欲為」。

雖然殭屍不怕熱水，可是熱水會把一些對殭屍有保護作用的「有益菌」殺死，造成菌群失衡，皮膚會變得比人類更脆弱。

洗好澡，奶娘替寧子薰換上一身綠地樗蒲紋的妝花緞襖，下面襯著茜草色的蹙金裙。讓她坐在妝檯前，梳理著黑如鴉翎般的長髮。

無論奶娘跟她說什麼，她只是木著臉坐在那裡一聲不吭。奶娘看著她的樣子，不禁流下淚來，「可憐的大小姐……當初夫人不願讓妳與淳安王結親，就是怕妳會出事！結果……連一天都未到就落得這個結果，看妳這樣子，讓夫人可怎麼辦啊！」

「不許碰我的頭！」寧子薰輕輕一推，奶娘就被甩出老遠。

黃楊木梳的梳齒差點刮開她頭部的傷口，寧子薰有點控制不住情緒了，再加上這個老女人在她耳邊絮叨半天，實在讓她不勝其煩。

「大……大小姐！」奶娘驚恐的看著她。

這時門被推開了，小瑜換上一身水藍色的小短襦、月白色布裙，緩緩走了進來。

獠牙！小瑜見奶娘馬上就要尖叫，趕緊伸出手擊暈她，才咬牙道：「妳就不能把獠牙收一下？」

看著寧子薰根本沒有覺悟明白自己犯了錯，小瑜翻了個白眼，「乾脆還是拔掉吧！」

好半天，奶娘幽幽轉醒，突然想到剛才那恐怖的一幕：大小姐張著嘴，露出長而尖銳的獠牙，閃著狼一般幽光的眸子盯著她……

奶娘一下跳了起來，只見那個「小魚兒」跟大小姐正對坐在床上。「小魚兒」手中拿著一對獠牙說：「哎呀，都說這是野豬牙，妳怎麼能安在自己嘴裡呢？真是的！」

然後「小魚兒」轉頭對奶娘微笑道：「剛才嚇著了吧？都怪我，大小姐看著喜歡，非向我要，我一時不忍就給她了，誰知道她竟然放到自己嘴裡。」

奶娘撫著胸長長出了口氣，說：「可嚇到我了！我還以為……」她看了一眼木然端坐的大小姐，把話憋了回去。

奶娘看著這個「小魚兒」倒是能與大小姐好好相處，她只得說道：「小魚兒呀，妳好好照顧小姐，我去看看夫人怎麼樣了。一會兒派人送晚飯給妳們。」

小瑜點點頭，只見奶娘走出房間喀嚓一聲把大門鎖上了。

他微微皺起眉頭，漂亮的小臉看上去更加糾結了，心想：看來武英侯還是懷疑的，而且讓一具殭屍冒充活人，怎麼看都是送死！

且不說小瑜的鬱悶，殭屍大小姐竟突然對小瑜的衣服發生興趣，伸出手左捏右摸。

小瑜畢竟是男的，他紅了臉，打開她的鹹豬手，喝道：「妳幹嘛？」

「我想要你的衣服，這身衣服不舒服。」顯然殭屍不喜歡長長的袖子和拖地裙，還有刺眼的顏色，她倒是對小瑜那身簡單俐落的布衣很是羨慕。

「不行，小姐都得穿這個！」

殭屍側著頭眨眨眼，見他真的不肯換，便伸手開始撕扯自己身上的衣服。古代的服飾真是麻煩，她根本不會解。她以前的衣服都是緊身防護服，拉上拉鍊就OK了，而且為了保護皮膚上的有益菌，防護服幾年都不用換。

小瑜見衣服都快被她扯破了，忙攔住道：「好啦，我幫妳脫行了吧！以後在別人面前可千萬不能脫衣服，明白嗎？」

殭屍小姐這才停下來，乖乖的坐在那裡。小瑜幫她解開衣服上的結帶，只剩下月白色的裡衣，微微敞開的襟口露出粉色小肚兜。

看著小瑜通紅的耳根，殭屍小姐敏感的覺察到他的體溫在升高。人類被感染或生病時才會發熱吧？她伸出手摸小瑜的臉。

小瑜像被燙到的大蝦，跳起來吼道：「不許碰我！」

殭屍小姐愣了一下，平靜的說：「你發熱，是不是得病了？你們人類很脆弱，特別容易生病。」

原來……殭屍是在關心他！小瑜剛要說話，突然想到：不對啊，敢情這位一直把自己歸在「非人類」那圈子裡，這怎麼成？萬一寧家人坐在一起，她來一句「你們人類」，那還不嚇倒一片？

小瑜嚴肅的坐下，一拍桌子，「這幾天怎麼教妳的？以後不許說奇怪的話。什麼叫『你們人類』？妳從現在開始就是寧子薰寧大小姐！在別人面前盡量少說話，知道嗎？」

寧子薰點點頭，態度倒是很誠懇，「為了完成任務，我會遵守人類的規則。」

看著她敞開的衣服，因為她胡亂撕扯，小肚兜的繫帶也鬆了，豐滿的酥胸半遮半掩……

小瑜的臉紅得快滴出血了，忙伸出手幫她掩好衣領。

到了掌燈時分，奶娘才領著兩個丫鬟進來，端著飯菜茶水。

小瑜暗暗打量這兩個丫鬟，步伐輕盈，氣息綿長，一定是練過武功的。

奶娘叫丫鬟放下飯菜，吩咐道：「侯爺說了，明天要請個御醫來給小姐把把脈。這兩個丫鬟是派來伺候小姐的，叫春花、秋月。小姐有什麼需要就儘管吩咐她們吧。」

小瑜知道被武英侯懷疑、監視是很正常的，他露出天真的笑容說：「多謝嬤嬤，哇！好多的菜啊，聞起來真香！」

奶娘看了一眼寧子薰，驚訝的說：「大小姐怎麼沒安寢就把衣服脫了？」

「咳……她說她熱了。」小瑜忙盛了一碗飯放在寧子薰面前，「小姐，吃飯了！」

寧子薰面無表情的端起碗，木木然的咬了一口米飯。她按著小瑜所教的說道：「妳們出去吧，小瑜伺候就行了，有事叫妳們。」

「是，奴婢們告辭。」三個人退出房間。

這回倒是沒鎖門。門口傳來奶娘的說話聲：「妳們兩個好好看著小姐，要是有什麼事，唯妳們是問！」

「是，奴婢們不敢偷懶。」

趁著這個機會，小瑜端起碗飛快的吃了起來，而寧子薰早把剛才吃的那口飯吐了出來。殭屍根本不需要吃熟菜，她更喜歡吃帶著熱血的生鮮活物。

等那兩位丫鬟再進來時，一臉的驚訝，剛才還熱氣騰騰的菜這麼快就全光了，大小姐淡定的坐著，一旁的小瑜正在捶本來就平的胸。

「大……大小姐，您怎麼吃這麼快啊？」春花問道：「不知飯菜夠不夠？不夠奴婢再去添些。」

大小姐不說話，卻抬頭看小瑜。

小瑜堅定的說：「大小姐夠了！」

大小姐抬起頭，道：「是，我夠了！」連聲調都一模一樣。

小瑜瞪她，眼中複雜的光芒似乎在說：幹嘛學這麼像？

寧子薰眨眼，很無辜的表示：你不是說讓我沒事不開口，要聽你的嗎？

看來大小姐果然傻了！兩個丫鬟面色嚴峻的看著人云亦云的寧子薰。

晚上就寢時，春花和秋月守在外間，大小姐和小瑜住在裡面。

冒牌寧子薰摸了摸自己獠牙的位置空蕩蕩的，心中一陣失落。雖然這是最原始的武器，可是身為殭屍，沒有獠牙就像人類沒穿衣服一般，好沒自信，好羞澀哦……

其實殭屍的神經都很大條，對於喜怒哀樂等情緒都不太敏感。可能是因為突然穿越了，又經歷了如此多的事，要生存在人類中間，還被拔掉牙齒，這種種事情匯聚在一起，竟然讓寧子薰「抑鬱」了。

人類鬱悶會哭會叫，殭屍鬱悶就會啃東西。

她嘎吱嘎吱的咬床欄，突然紫色紗簾被掀起，小瑜咬牙低聲道：「妳在幹嘛？」

這時外面的丫鬟也聽到了動靜，輕輕的彈了彈窗櫺，問道：「大小姐可是不舒服？」

「不是啦，大小姐做夢磨牙呢。」小瑜忙回道。

過了一會兒，聽見腳步聲走遠，小瑜才瞪著寧子薰小聲問：「大半夜咬床，想害死我啊？」

「牙沒了……不習慣。」殭屍大小姐表情呆板，可眼中卻閃著一絲可憐兮兮的擔憂。

小瑜愣了一下，眨眨眼睛，心想：原來殭屍也有害怕的事情。

不知怎的，心中竟莫名的憐惜她。他握了握手中的木偶，隨即把這種奇怪的感覺甩掉。

——殭屍就是殭屍！就算再像人，也是天地間至陰至邪之物，不能有同情之心！

小瑜冷冷的說：「殭屍的牙可以無限生長，過幾天就會再長出來了。以後長出來要用銼磨平！不許啃床欄，再出聲我就用縛屍術了！」

原來……可以無限生長啊！作為一個從來沒拔過牙的殭屍，寧子薰終於放下心了。

◎※※※◎※※※◎※※※◎

第二天一早，奶娘進斂春齋來，督促丫鬟們替大小姐梳洗穿戴，因為今天要見宮裡請來的御醫。

春花和秋月是職業丫鬟，伺候人的手法也比小瑜強百倍，本來奶娘正想藉口小瑜不會伺候人，把小瑜調離大小姐身邊，可無奈大小姐就是不讓別人幫她穿衣梳頭，只許小瑜一人靠近。

看來這隻小「鯰魚」還黏上小姐不放了！奶娘不禁皺起眉頭，看著小瑜笨手笨腳的替大小姐梳了個朝一邊傾倒的同心髻，說道：「小魚兒，一會兒我帶妳去跟方嬤嬤學怎麼梳頭。還想伺候小姐？連個頭都不會梳！」

「……」小瑜抿緊嘴脣，心中吶喊：小爺是道士，能梳成這樣已經很天才了好不好！

不一會兒，只聽外面來傳，武英侯陪著御醫已經進院了。

丫鬟們忙放下紗帳，只露出一隻白如瑩雪的皓腕，上面還蒙了條絹帕。

御醫把手搭在寧子薰的脈上仔細診著，眼中露出疑惑的神情。

武英侯和小瑜的心都跟著提了起來。

半晌，御醫站起來恭敬回道：「聽說大小姐是死而復生的，這脈象……很平穩吶！除了有些虛弱，其他都無異樣。待晚生開幾副補藥給大小姐，多調養調養就無妨了。」

武英侯這才放下心，請御醫到廳裡開方喝茶。不管怎樣，寧子薰終究是他的女兒，他還是不願相信這個女兒是鬼怪，御醫的結論也讓他打消了疑慮。

待眾人出去，寧子薰掀開帳子，對著小瑜咧開嘴……四顆犬齒的地方冒出一點白色的牙尖尖來。

她瞪著呆滯的金魚眼，說：「牙有點兒癢！」

小瑜心不在焉的拍拍寧子薰的頭，像是對待自己訓練出來的小狗般說道：「哦～乖！妳正長牙呢。」

寧子薰到底是「活屍」，竟然連心跳和脈搏都有，只不過非常緩慢，比正常人類慢十倍左右。在進侯府前，師父已經教了寧子薰如何按住脈搏加快速度，讓脈搏聽起來就像正常人一樣的方法。所以御醫是聽不出來的。

要不是獠牙和吃活物的衝動，連小瑜都覺得她是個復活的人類。可是殭屍始終是殭屍，也許有一天她會失去理智，屍性大發，把他撕成碎片。所以，只要好好看住她，完成任務就好，千萬不能對她有同情心！小瑜望著窗外那片開得爛漫的馬纓花，默默的想著。

送走御醫，武英侯放下心中的防備，叫寧子薰進來向夫人請安，順便也讓好奇了一夜的寧家人見一見。

小瑜袖中緊緊握著人偶跟在寧子薰身後，奶娘也陪同她一起進來，畢竟大小姐現在智力還沒恢復，行事舉止都要人提點，在侯爺和夫人面前失態也就算了，卻萬萬不能被那幾個姨娘恥笑！

武英侯寧亦風有一妻三妾，夫人嚴氏生了長公子和大小姐，大姨娘薛氏生了二公子、五小姐，二姨娘蔣氏生了二小姐、三小姐，三姨娘封氏生了四小姐、三公子。

也就是說寧子薰有四個妹妹、一個哥哥、兩個弟弟。除了大哥是她同父同母的親哥哥，其他都是庶出。這在大戶人家來講，人口也不算多。

因為寧子薰目前「失憶」中，所以一邊走，奶娘一邊把詳細的情況向她做簡單介紹，還特別叮嚀：「只要跟著我行禮便是，大小姐千萬別再說什麼驚世駭俗的話了，夫人身子不好，可不能再承受一回了。」

寧子薰很認真的點點頭，她本來也不願意說話。

因為人類思維邏輯學的課程她從沒及格過，不過格殺課和機械學倒是向來高分。她對人類的想法和行為模式本來就不了解，更何況是冷兵器時代？連稱呼她都沒弄明白，什麼娘、姨娘、庶出……這些都是什麼意思啊？

My Zombie Princess

第2章

宅門是個技術活

奶娘方氏帶著她來到正廳，只見一群人類都瞪著眼睛等著圍觀她，寧子薰下意識的低下頭，不願意與他們對視。

奶娘暗暗拉了一下寧子薰的衣袖，低聲說：「大小姐，給侯爺夫人見禮……」

寧子薰機械性的跪在地上，僵硬卻標準的向上拜了兩拜，說：「給爹娘請安。」

「我苦命的薰兒，快起來！」

耳邊又傳來夫人的抽泣聲，寧子薰下意識的皺了皺眉。

「夫人別哭了，大小姐平安無事，豈不是喜事？依我看，倒應該慶祝一番！」

寧子薰抬起頭，看到說話的人是個滿腦袋戴著閃光金屬絲的中年女性。

看到寧子薰疑惑的目光，那個女性人類忙笑道：「看來真是失憶了，大小姐不認得我了嗎？我是二姨娘啊！」

「二姨娘……」寧子薰點點頭，認真記下她的身體特徵。

如果此時還看不出寧子薰不正常，那大家就都成傻子了！

眾人的表情各異。二姨娘乾笑兩聲，退到一旁，偷眼看著侯爺，一副看好戲的樣子。

武英侯卻假裝不見，對奶媽方氏道：「大小姐失憶，妳還不把眾人給她介紹一番？」

奶媽忙拉著大小姐挨個認了一遍，殭屍的智力明顯低於人類，記憶力也不怎麼樣，所以每個被介紹的人都被寧子薰狼一般的目光狠狠盯了個夠才甘休。

其實寧子薰也很鬱悶，為何電子識別系統沒跟她一起穿越過來？那樣她就不用費這麼大勁記人了，電子眼裡出現的生物會自動顯示基本資料和名稱。在她那乾癟的腦仁裡，人類的臉看上去好像都差不多。

識別完全體人類，寧子薰就很安靜的杵在一邊，侯爺和夫人又聊了幾句便吩咐開飯。

大家族講規矩，食不言、寢不語，寧子薰吃飯的樣子倒是格外優雅，一小口一小口，就差數著飯粒吃了。奶娘方氏稍稍鬆了口氣，大小姐就算看起來傻，那幾個喜歡挑事的姨娘也沒看出個底細，如果讓她們知道大小姐連「娘」是什麼東西都不知道，那還不得意死！

奶娘方氏是夫人娘家帶來的心腹，自然一心向著夫人。夫人性格軟弱，所以大小姐從小就被她灌輸要成為一個有心計、有謀略的嫡女，不但要德才兼備把那幾個庶女妹妹狠狠踩在腳下，甚至要幫夫人治理家務，不能讓那群妹妹和她們那狐媚子的娘反上天！結果就是教育得太成功了，大小姐把這些姨娘和庶妹踩壓得太狠了，導致大家對這位大小姐是又恨又怕。

隨著年紀漸長，大小姐出落得如花朵一樣，又有心計又有才學，還能幫著母親打理庶務。她在京城中美名遠播，多少王公貴戚的公子前來求娶，結果她不知中了什麼魔，非要嫁給聲名狼藉的淳安王。

這倒好，成親第一天就傳出噩耗，把夫人哭得暈過去好幾次，到現在還氣若游絲。大少爺被皇上派去邊關歷練，夫人身體又不好，家務都交給大姨娘打理，這位……又成了傻子！唉，以後大房的日子有得受了。所以，能瞞一時是一時，只要她們心中有點懼怕，就不敢太張狂。奶娘方氏抿著嘴，嚴肅的盯著寧子薰。

「薰兒，妳怎麼就吃幾口？這些都是妳最喜歡的菜，多吃點！」嚴夫人伸筷替她夾了一個珍珠團子。

寧子薰辨認了半天，開口道：「……娘，我吃飽了，妳吃。」說完把團子夾了回去。

這種古代木製工具她學了一下下就能很流利的使用了。

不過，人類進食真的很麻煩，要把食物又蒸又煮的，吃頓飯要等好幾個小時，殭屍多好呀，把肉往桌上一抬就OK了！寧子薰忍不住腹誹。

「好，娘吃！」夫人感動得直抽泣。

完了，她又哭了……寧子薰很想堵住耳朵。

終於吃完了飯，奶娘以「大小姐身子還未恢復」為由第一個告退，眾人沒看到好戲，紛紛心懷鬼胎的告退。

寧子薰第一次登場亮相，終於還算圓滿的完成了。

等候在外面的小瑜見寧子薰並沒露出破綻，也放下心來。

智慧型殭屍寧子薰在這裡待了兩天，顯然看明白了自己的地位：她可以支使其他人類，例如那兩個什麼花、什麼月的女性，而且她還是這個人類家族最高長官的直系血親。而據這個叫「奶娘」的老女人講，除了「娘」之外，其他女性人類似乎都是潛在的威脅。不過她只負責找到一個叫「王爺」的傢伙，拿到「兵符」即可，其他人類之間的爭鬥與殭屍無關。

小瑜作為養屍道人，知道寧子薰吃了飯食一定不舒服，因而細聲細氣的說：「大小姐剛吃完飯，去花園走走消消食吧。」

寧子薰果斷點頭，對後面的尾巴奶娘和春花、秋月說：「妳們回去，小瑜跟著。」奶娘正好要回夫人那裡覆命，向夫人彙報小瑜的事，看來大小姐實在離不開小瑜，也只能收進來做個三等丫鬟。還有，外面風風雨雨的傳言說大小姐死而復生，也該想個對策……一大堆事等著辦呢。

看到她們走遠，寧子薰鑽到花叢裡，把剛才吃的東西都吐了出來，然後挖土掩埋。小瑜站在不遠處替她放哨，等她一鑽出來，就見幾個年輕女子從西面的曲尺橋緩緩踱來。

寧子薰眯起眼睛仔細辨別，有兩個是剛認識的：二小姐寧子蓉、三小姐寧子茉，後面跟隨著兩個丫鬟。

「大姐，妳也來逛花園？」腮邊長著一顆美人痣的三小姐含笑問道。

寧子薰點點頭。

小瑜卻感到了危機，剛才一路上聽奶娘方氏的意思，寧子薰活著時沒少得罪人，顯然這兩位是故意追蹤來的，想探虛實。於是小瑜上前一步，說道：「大小姐該回去休息了。」

二小姐寧子蓉挑眉，冷哼道：「妳是什麼東西！我們姐妹敘話，竟然也來插嘴？」

「二姐別生氣了。」三小姐寧子茉轉身對小瑜「溫和」的說：「妳這丫頭還不一邊站著去！如此沒規矩還能留在府裡嗎？再這般插嘴，小心被管事嬤嬤責罰。」

小瑜才這領教大家族小姐的厲害，幾句話就說得他沒法開口了。

「大姐，我們去柳煙閣裡坐坐，那裡風景好。」三小姐不由分說拉起寧子薰的手就走。

寧子薰回頭看小瑜，二小姐凌厲的話早已飄了過來：「大姐，妳還怕自己的丫鬟不成？到哪兒去還要向她請求嗎？」

小瑜瞪著一雙水汪汪的大眼睛，幽怨的絞著袖口……

內宅庶女猛於虎，他果然不是對手啊！

柳煙閣四周都種著垂柳，亭臺樓榭都掩映在絲絲縷縷的翠色中。茵茵綠草鋪就半山，一條石徑小路直通到八面雕花窗的閣廊。一條小泉淙淙淌過，在明媚的陽光下閃著粼粼波光。

寧子薰呆呆的看著這樣美不勝收的景致，貪婪的吸著新鮮的空氣。不像在末世，風沙塵土肆虐，就算殭屍無比強悍，隔著三五年也要洗一次肺。至於孱弱的人類，出門都是戴防護面具的。

「大姐，走啊，到閣廊裡面坐坐。」

寧子薰被二小姐和三小姐拉了過去。

果然不出小瑜所料，二小姐和三小姐支使他去沏茶。

小瑜假裝下去，走到一半就跑了回來，爬上離柳煙閣最近的一棵大柳樹偷聽。他緊張的捏著木偶，這種距離……萬一寧子薰暴走，他應該還能來得及阻止吧？應該能吧……

小瑜默默的摸了一把汗水，他應該把侯府的地形好好熟悉一下，萬一出事便能以最快的速度逃離，如果他還能逃的話。

隱隱約約聽到二小姐的聲音說：「大姐當真一點都不記得了？妳是成親那天出事的，妳大概不知道吧？因為妳『死』的晦氣，怕給淳安王招禍，連宗親的墳塋都不能入，只能埋在西山。還有……第二天淳安王就把原本應該是側妃的雲初晴立為正妃，還把妳最恨的那個花魁月嫵接進府中。嘖嘖，枉大姐對他一片真心，屍骨未寒他就把妳忘在腦後，跟新人共享魚水之歡了。」

半天……沒聲音。

二小姐不禁氣急敗壞的說：「大姐，妳聽了真的一點都不生氣？」

還是一片死一般的沉寂。

小瑜鬆了口氣，看來他的教育還算成功。這個殭屍真是聽話，沒有他在跟前，她真的一句都不多言！

「不會是太傷心，所以說不出話來吧？」三小姐試探著推了推坐在那裡如木雕泥塑一般的寧子薰。

「什麼失憶，根本就是傻了！」二小姐冷笑道。

她走近寧子薰，陰惻惻的在她耳邊說：「寧子薰，雖然妳不記得，可我永遠都不會忘記妳是怎樣欺辱我娘和我的！就因為我偶然遇到淳安王的事被妳知曉，妳以為我要處心積慮的勾引淳安王，妳就把我偷跑出府的事到處傳揚，毀我清譽，害我娘當著眾人的面對妳下跪，求妳原諒！妳知道我有多恨妳？自那以後，我的親事根本就沒有人來提了！」

二小姐抓著寧子薰的肩膀用力搖晃，而看似溫和的三小姐直接走到寧子薰跟前揚起手，狠狠抽了寧子薰一巴掌。

「這一掌是替二姐還妳的！」

看著毫無表情的寧子薰，三小姐瞇起眼睛。

啪一聲！

「這一掌是替我娘！」

又啪一聲！

「這一掌是替我自己！」

聽著一聲聲清脆的掌聲，小瑜不禁握住拳頭，這種心情就像看著自己培養的寵物被別人教訓……真是太不爽了！就算以前寧子薰為人苛刻，欺負庶妹和姨娘，她們不敢跟強悍的人對抗，不敢向武英侯說出實情，卻只敢欺負一個傻子，也不算光明磊落！

挨了半天巴掌，寧子薰連動都沒動一下。這種水準的攻擊對她來講比蚊子叮還弱，她明白這種惡意的行為是因為這二號和三號——為了省事，她乾脆替寧家姐妹們編了號碼——對她不滿足，可她不明白二號和三號為什麼對她不滿。

只要滿足基本的生理和安全需求，就算一萬隻殭屍在一起也不會打鬥起來，可人類就算兩個在一起，也會各自為了自己的利益而爭鬥。所以說，殭屍是比人類更強悍、更高級的物種，至於人類……估計早晚會自相殘殺而毀滅的！

殭屍大小姐沉浸在自己的世界中，根本沒注意二小姐和三小姐在說什麼。

二小姐說：「看來她真是傻了，都不知道反抗！」

三小姐說：「這是報應！禮尚往來，她給我們的，我們要一一還回去！」

這時，寧子薰偏偏抬起頭來，除了臉微微發腫，連呆滯的表情都未改變，「妳說什麼？什麼叫禮尚往來？」人類語言學她已經拿到B級了，怎麼還有聽不懂的辭彙？

她當然不知道這是古漢語中比較難學的成語，所以本著謙虛的態度向三號請教。

三小姐瞇起眼睛冷笑道：「傻子，我告訴妳。禮尚往來就是妳對我們所做的事，我們都會還回去，明白了吧？」

寧子薰點點頭，默默的記憶消化。然後，她站了起來……

趴在樹上的小瑜只聽見一聲巨響，一個不明物體撞破雕著喜鵲登梅的窗隔扇飛了出來，直接滾到山下去了。小瑜瞇著眼看那一身淺蔥綠的物體，忽然想到……好像是三小姐！

他抬起頭，只見破了個大洞的隔扇另一邊，寧子薰看著自己的手若有所思的說：「我只還了一下禮，還沒還完呢……」

二小姐一聲淒厲的尖叫，連滾帶爬的跑了出去。

雖然知道這麼想不對，可小瑜心裡卻浮現出「痛快」兩個字。他家小殭才不能任人欺負呢！咦……他家？小瑜咳了一聲，忙跳下樹跑了過來。

◎※※※◎※※※◎※※※◎

自從傳出噩耗，三小姐突然不小心「摔傷」，摔斷了腿，原本天天派媒人來廝纏的劉御史家突然沒動靜了。其實武英侯倒覺得好在沒訂親，要不更慘！未來的婆家聽說寧子茉受傷了要來探視，一定會被寧子茉那歪了半邊的臉嚇倒！

武英侯聽說人傻了通常力氣都會非常大，可沒想到能大到這個地步，腿斷還是小事，但怎會硬生生把三丫頭的臉打歪了呢？

眼看著三小姐容也毀了、婚也完了，二姨娘跑到侯爺那裡痛哭流涕，武英侯自覺對不起三丫頭，不但暗中給了她不少好處，還許諾無論倒貼多少妝奩，一定為三丫頭找個差不多的人家，不讓她委屈。

至於犯人寧子薰，她是個傻子，還能怎樣處置？只能關在屋子裡不讓她出來嚇人唄。

二姨娘提出強烈抗議，還要聯合其他姨娘集體罷寢，不過……別人沒得到好處，憑什麼幫妳得罪侯爺？

結果此項未果，還沒等她繼續出壞點子，奶娘方氏已經不聲不響來到她的院子，把侯爺的私帳往桌子上一拍，說：「想嚴懲大小姐就把吞下去的錢吐出來，得著錢還想賣乖？別忘記二小姐在外面名聲還不怎麼好，若不想她有什麼意外，妳最好消停點！再說要詳細查下去，倒要好好問問傻了的大小姐怎麼會跟著二小姐和三小姐到了柳煙閣的？」

二姨娘既不想把錢吐出來，也不想二女兒出事，又一向害怕方氏手腕鐵血，只得忍下這口惡氣。

耳邊縈繞的蒼蠅終於沒有了，犯人寧子薰倒感覺監禁的生活無比愜意。除了不能出去，其他的生存權利都得到了基本保障。她向外面提出要一本專門記載成語的書籍，還有關於這個冷兵器時代的歷史書籍，居然都得到了批准！她小小的感動了一下。

在她身邊只留下小瑜一個，大門是鎖著的，每天會從開著的小窗送進飯食。當然，偶爾有開放日，她也很歡迎夫人和奶娘方氏等人前來探監。

不過，寧子薰的進食卻成了問題，雖然每天晚上按著老道的方法「曬月光」。據老道所說，她這種變異體高級殭屍，應該脫離低級趣味，不能以血食飼養，而是要吸取月之精華，餐風飲露，這樣才能進化成更高級的飛殭。

好不容易爬到食物鏈頂端她容易嗎？死老道居然讓她「喝」風、「吃」月亮！寧子薰不但沒感覺提升等級，倒是更餓了。殭屍可以忍受的飢餓時間為半個月，更何況盛夏到了，殭屍最討厭的季節就是夏天，高溫會讓殭屍腐敗程度加快，身上會傳出腥臭的味道。

這是殭屍飼養員小瑜急待解決的兩個重要問題，他趁夜晚跳出圍牆跑回師父的住處，求師父幫忙解決。

小瑜這倒楣孩子的烏鴉嘴像開過光似的，怕什麼來什麼，他出去約有一個時辰，奶娘方氏就提著小燈籠來到大小姐的居處。

原來明天就是寧子薰的生日，夫人又哭了一場，背著侯爺命方氏偷偷來看看大小姐，送點平日她喜愛的點心。好強完美的寧大小姐落到這個下場，也著實令人唏嘘。

打開鐵鎖，方氏推開大門走到院子裡，只見屋子裡黑黑的，不由得皺了皺眉頭，輕聲喚道：「大小姐，妳睡了嗎？」

當然沒睡，憂鬱的禁食殭屍正坐在屋裡飢腸轆轆。不知危險的方氏推開房門，提起手中的小燈籠向前一照……黑暗中，只見大小姐面如白紙，粗重的喘息聲音讓方氏頓覺毛孔豎了起來。

「這是什麼味道啊？這麼臭！」跟在方氏身後的小丫鬟捂著鼻子道。

「還……還不掌燈！小瑜死到哪去了？竟然放著大小姐不管！」方氏穩住心神喝道。

所以這次大小姐回來，方氏隱約覺察出她的異樣。方氏畢竟是親手把大小姐帶大的，對寧子薰太熟悉了。她比夫人更疼愛大小姐，雖然有所懷疑，不過御醫也證明大小姐無恙，所以她潛意識中不願意把寧子薰往更慘的境地想。

點亮蠟燭，方氏才看到寧子薰懷中緊緊抱著一隻鹹魚坐在床上，身體還在微微顫抖。

這是小瑜想到的辦法，用鹹魚來掩飾寧子薰的屍臭。

「大小姐，妳怎麼了？生病了嗎？小瑜死到哪去了？」方氏上前欲撫她的額頭，卻被她躲開。

寧子薰強忍著撲倒方氏的衝動，死死摟住鹹魚縮在床腳不動，咬牙說道：「我……沒事。妳來幹什麼？」

方氏嘆了口氣，走上前道：「明天是大小姐的生日，夫人讓我來看看妳，給妳做了好些妳平日裡喜歡吃的點心。大小姐不要擔心，過一陣子風波平息了，侯爺也不生氣了，夫人會讓妳出來的。」

「唔……知道了，放下走吧。我要……睡覺。」寧子薰嚥了嚥口水，聽到方氏靠近時跳動的脈搏，還有呼吸的氣息，她真快控制不住了！

殭屍為了尋找食物四處遊蕩，從來不會停在同一個地方，甚至能橫穿整個歐亞大陸……

由此可知殭屍對食物是多麼執著了吧？

「大小姐，妳為何要抱著鹹魚？小瑜幹嘛去了？」方氏疑惑的看著她。

「呃，鹹魚……好吃！小瑜……不在。」寧子薰現在乾癟的腦仁裡只剩下鮮紅的血肉，她那銼平的尖牙也在一點一點變長。

「這個小瑜，果然不是個省心的！」方氏冷哼了一聲。

方氏跟班的小丫鬟不知深淺，上前搶鹹魚，「哎呀，大小姐，鹹魚弄得屋子裡一股臭味，還是給奴婢吧！」

「離我遠點！」寧子薰一揮手，那丫鬟已經飛出門外了。

方氏張大嘴，實在不知如何形容此時的心情。只見寧子薰緩緩站起來，慢慢轉身，眼中完全是一片茫然。她嘴裡流著口水，側著頭，向方氏走來！……

「大……大小姐……」方氏向後退著，一不小心絆到門檻，一下摔倒在地。

寧子薰撲了上來，方氏捂住臉尖叫。就在寧子薰的尖牙離方氏脖子只有 0.01 公分時，一隻手把一塊瑩白如玉的東西塞進她嘴裡。寧子薰停住了，她感覺到一股力量從嘴裡慢慢流向體內，讓她的身體變得無比舒暢。

小瑜吁了口氣：終於及時趕了回來！

他乾笑著把寧子薰拉起來，「大小姐，以後不要玩捉老鼠遊戲啦，嚇到人怎麼辦？」

方氏坐起身，捂著胸口臉色蒼白，「妳……妳跑到哪去了？」

小瑜扶起方氏，可憐兮兮的望著方氏說：「大小姐沒事的時候喜歡偷襲別人……嬤嬤別見怪，小瑜和大小姐關在這裡都快憋瘋了！所以大小姐就經常和小瑜玩這種偷襲的遊戲，沒嚇到妳吧？」

方氏盯著寧子薰，只見她依然呆呆的坐在那裡，好像完全忘記剛才的事情，不由得抿緊了嘴唇。

「嬤嬤，小瑜以後不敢偷跑出去了，求妳原諒一回，千萬別告訴夫人！」他忙跪下拉住方氏的衣袖轉移注意力。

半晌，方氏才恢復了平靜，說：「明天把屋子好好打掃一下，一股鹹魚味！」

「是！」小瑜抬起頭，問：「還有一件事求嬤嬤幫忙，大小姐怕熱，每天的冰能不能多給一些？」

方氏點點頭，說：「知道了，明天我叫人抬水進來給大小姐洗澡，以後不准把鹹魚給大小姐抱！」

至於那個躺在院子裡暈過去的丫鬟，是在方氏走後被兩個粗壯的僕婦抬走的。

從這天後，院子周圍加強了警戒，每天晚上多了許多來來回回巡邏的婆子。

院中又恢復了平靜，小瑜拾起掉在地上的錦盒，裡面裝著許多精美的小點心。他拿起栗子糕咬了一口，看著寧子薰問道：「現在感覺怎麼樣？」

半天，寧子薰才睜開眼，含混的說：「我……唔……餓了，怎麼回系？」

「妳能不能把玄魄吃進去再說話！」小瑜翻了個白眼。

寧子薰把吃了一半的玄魄吐出來，看著躺在掌心的晶瑩剔透的白「石頭」，心懷敬畏的說：「難道這個東西可以控制腦電波，阻止飢餓感？」

小瑜又翻了個白眼，說：「因為妳，我師父把許多壓箱底的寶貝都拿出來了！這個可以淨化妳體內的戾氣，師父說妳不能吸收月之精華，可能是因為妳還沒覺醒。這塊玄魄石可以幫助妳更好的吸收月之精華，時間長了就不會再貪戀血肉，也會修煉到更高階段。」

當師父把這個寶貝拿出來時，小瑜翻了個白眼說：「師父你為什麼不早點給小殭用？非要等她快餓死才說？」

「為師以為有智慧的殭屍能自己領悟呢！再說，玄魄只能一屍一用，用完就報廢了，為師我也只剩下一塊，本來想傳給你的，結果……」

「算啦，只要小殭沒事，用就用吧！」小瑜搶過石頭揣在懷中，說：「我怕小殭出事，先走了！師父你自己好好保重身體。」

「兔崽子，對殭屍比對師父還好！」遠遠的傳來師父中氣十足的罵聲。

可能真的是玄魄起了作用，寧子薰不但不餓，連身上的屍臭味都淡了不少。

一大早，廚娘送來一碗長壽麵，小瑜安心的吃光。最近經常吃雙人份，他都吃胖了。

中午，幾個壯實的僕婦抬進來洗澡用的浴盆，還有熱水。不過她們的神色都很慌亂，不時抬頭望向隔壁，生怕秀逗了的大小姐會衝出來打人。昨晚的事情很快就傳遍了整個侯府，誰為大小姐抬水，都是眾人抽籤決定的，幾個倒楣的抬著水戰戰兢兢的進來，生怕被傻子大小姐誤傷。

見水倒得差不多了，小瑜說：「等一下，我去叫大小姐，幾位姐姐伺候沐浴吧。」

「有沒有搞錯？妳是大小姐的貼身丫鬟，我們只是負責送水的！姐妹們，任務完成，趕緊走人！」說完，幾個粗壯的婆子竟以風一樣的速度衝出小院，小瑜的衣袂都被颳飄起來。

「那個……妳自己會洗澡吧？」小瑜低著頭，紅著臉問道。

殭屍大小姐側頭想了想，說：「會。」然後伸直胳膊看著小瑜，「但不會脫衣服。」

也是，好像自從穿上這件簡單的布衣，她就從來沒脫過。

小瑜糾結了，他一個男人怎麼幫她洗澡啊？可是不把鹹魚味去掉也不行……

「好啦，我幫妳脫！」小瑜揉了揉腦袋，把她拉到水桶邊。

他閉上眼睛伸出手去解衣帶，觸到一片軟綿綿的、肉乎乎的……

小瑜嚇得鬆開手，臉紅得都能滴下血了，他也知道自己摸到了什麼地方。活屍竟然跟真的人類一樣，不但身體有彈性，連皮膚也有溫度……小瑜狠狠的咬了下舌頭，疼痛的感覺讓他清醒了不少。不過是具殭屍，表相都是虛幻的！難道他一介修道之人連這點都看不破嗎？

伸手，解衣，褪裙……噗……流鼻血了！小瑜捂著鼻子衝出門去。

寧子薰側了側頭，輕輕一跳，跳進水桶裡，抬起手臂看著上面長出淡淡的屍斑，不由得憂鬱了。

她真的很討厭夏天，這樣的天氣會讓身體腐敗的程度大大加快，如果再不找個涼快的地方，她就真的要長毛了！其實倒不是她對美醜有什麼要求，在末世殭屍們別說長塊屍斑，就算腐爛啊、流膿啊、缺胳膊少腿啊，都是常事，再說她本來就沒有審美觀，只是怕在執行任務時被人類發現自己是殭屍，所以才會很在意。

寧子薰看到浴桶旁邊放著許多撕碎的花瓣、澡豆、香料、頭油、花露水，她把這些亂七八糟的東西都倒進浴桶，頓時整個房間瀰漫著刺鼻的香味，她不由得打了幾個噴嚏。

她光溜溜的跳出浴桶，赤著腳走出屋子尋找她的飼養員。

對於殭屍來講，他們沒有性別之分，無論男女，在成為殭屍的那一刻，就都是同一個性別了，反正他們也不需要繁殖。人類負責生產，他們負責改造，一批又一批的殭屍戰士就是從人類那裡搶來的。至於羞澀、臉紅，殭屍們才不會有呢！

剛剛止住鼻血坐在樹下打坐平復心情的小瑜，見到這傢伙毫無羞恥心的光著身子大搖大擺走出來，差點再次飆血。

他黑著臉解下自己的衣服把她裹住，吼道：「以後不准光著身子到處跑！聽到沒有？」

「我長屍斑了。」

一句話，小瑜立刻沒了火。

他抓住寧子薰的手臂，看著上面一塊塊褐色的斑，不由得皺起俊眉。

嗚嗚……殭屍不是最強壯的邪物嗎？怎麼到他這比人類還嬌弱？看來今天晚上又要到師父那裡去問問了，看他壓箱底的寶物中還有沒有淡化屍斑的。

好不容易親自示範了一遍，殭屍小姐才記住如何穿衣。小瑜甚感欣慰，於是獎勵她一大塊冰抱著。

◎※※※◎※※※◎※※※◎

養屍小道和殭屍小姐正悠閒度日，卻不知外面已亂成一團。

武英侯今日早朝完畢，突然接到太后懿旨，宣他到寧泰殿見駕。武英侯摸不著頭腦，不知太后為何突然宣他。

雖然尊稱太后，可這位太后卻著實年輕，不過三十二歲。作為和親公主從南虞國嫁到大齊，有著南虞第一美人之稱的她一到大齊，頓時引起幾位皇子的明爭暗鬥。

只有當年還是皇長子的先帝十分淡定，沒有表現出異常，也不去參與爭鬥。

不好女色，明君之相……成祖皇帝當即拍板，就把南虞公主嫁給了他！後來皇長子被立為太子，成祖駕崩繼位為帝，立南虞公主竺凌羽為皇后。

竺皇后一生無子，不過卻深得聖心，寵冠六宮，直到先帝駕崩，也不過妃嬪三人，皇子不過兩個，其中容嬪病逝，所生皇長子元皓被指給竺皇后撫養，立為太子。二皇子是賢妃所生，為了不亂嫡庶、穩定國基，二皇子早早被封為沂王，十歲就到封地就藩去了。

自從前年先帝駕崩，竺皇后便自動升級為太后，不過不知為何，先帝沒有把權力交給太后，卻將同胞兄弟淳安王立為攝政王，輔佐幼主，直到小皇帝成年為止。

武英侯私下度量，或許是因為竺太后是南虞人，畢竟兩國向來敵對。當年若不是大齊打敗了南虞，南虞被迫進貢又獻上公主和親，竺太后還不可能嫁到大齊呢。所以就算再恩愛，涉及到國家政事，先帝還是不信任身為南虞國公主的竺凌羽。

不過……武英侯捏著鬍子暗想：把權力交給淳安王，先帝顯然下了一手臭棋！

提起那位淳安王……雖然名義上還是他女婿，但是武英侯真是打心裡又討厭又害怕。此人一副標準的奸王模樣，不僅手攬大權，還欺壓太后和小皇帝，整個朝廷都是他的黨羽，連兵符都在他手裡，小皇帝除了那個啃不動的破玉璽，什麼權力都沒有，想順利的長到成年坐穩王位還真是件不容易的事！

武英侯是武將出身，對於那些選邊站、抱粗腿之類的事情都不擅長。比如淳安王過生日，嚴肅的告誡眾人不收重禮，別人都知道該怎麼辦，比如把銀票藏在壽麵裡啦，有的乾脆不送禮物直接送個活人——某青樓的豔妓之類的，只有他實實在在的真的只送兩束掛麵，所以被朝中官員定性為中間派。

太后對武英侯倒是極力拉攏，經常叫他的女眷進宮，與淳安王的婚事就是在太后撮合之下才成的。

不過這門婚事一開始武英侯和夫人就極力反對，無奈的是女兒在宮中偶然見過一次淳安王，就芳心暗許。他一直懷疑是太后故意安排的！

哼，要不是這小子有張好皮相，他閨女能這麼倒楣，掉進這個大坑裡，現在還傻著呢！

哎呀，糟了！武英侯一拍大腿，他終於知道太后為什麼叫他來了！一定是子薰復活的事傳到了宮中。不過已然走到寧泰殿門前，想不進去都不行了，他只好硬著頭皮進去請安。

My Zombie Princess

第3章

人類關係好複雜

太后微微一笑，讓人有如沐春風之感。不愧為南虞第一美人，一顰一笑簡直讓人移不開視線。饒是武英侯久戰沙場之人，都難免低下頭，不敢仰視。

太后開門見山，問道：「武英侯家裡發生這麼大的事，怎麼都沒通知哀家？」

「呃……臣的家事怎麼敢攪擾太后？不知太后所問是哪一件？」武英侯裝傻。

「當然是子薰的事啊！哀家又不是問子芙為何摔斷腿那件，也不是問二姨娘為何多買了間鋪子的那件，也不是問你最近怎麼和陳大人去喝花酒的那件……」

「……」

武英侯無言了，心想：太后您不會是在我家安了眼線吧？-_-#

「聽說子薰沒死，坊間都流傳著武英侯大小姐死而復生，說這種雷擊復生的人都是地仙呢！怎麼你都不讓子薰進宮叫哀家瞧瞧？」

「咳咳，太后，臣怕她驚了駕。因為……她失憶了！」武英侯皺眉。

「失憶了？」太后愣了一下，嘆道：「能活下來就是好事。既然如此，我也不為難武英侯了，畢竟宮裡規矩多，就不讓子薰進宮了。」

武英侯聽到這句終於鬆了口氣，太后卻笑咪咪說道：「武英侯你也有不對的地方呀，既然女兒都已經嫁出去了，怎麼還捂在手裡？子薰沒死的事應該告訴淳安王，怎麼說他也是子薰的夫君。」

武英侯心中有一萬個不願意，曾經的女兒精明強幹，到了他家一晚就暴斃了，何況現在是個傻子！再說，淳安王對子薰哪有一點情意？屍骨未寒他就把側妃雲初晴提為正妃，頂替了子薰的位置。

人人都說淳安王性情薄涼，武英侯覺得他根本就是白眼狼！連先帝去世，作為唯一的同胞兄弟，他都沒表現出一絲悲傷。枉費先帝託孤之心，大喪剛過，便把所有權力都攬了過去，作威作福當他的攝政王。

武英侯雖然不願，可口中還是應承道：「臣考慮不周，一會兒便叫人通知王爺。」

太后點點頭，叫宮女拿來一個琺瑯捏絲彩盒，裡面裝著一對鑲紅寶石的金石榴簪。此簪打造得十分精美，指甲蓋大小的紅寶石熠熠生輝。

太后無不唏噓的嘆道：「以前她還羨慕祁陽郡主有一支……這是哀家年輕時先帝賞的，就給她戴吧。」

武英侯低頭謝恩，接過彩盒，默默走出寧泰殿。

結果武英侯剛走到宮門口，竟然碰見雲丞相雲赫揚，他的女兒正是頂替寧子薰成為淳安王妃的雲初晴！

武英侯不怎麼待見這廝，倒不是因為他女兒搶了王妃的位置，而是因為此人乃是小人一枚，原來不過是個四品京官，先帝駕崩後淳安王攝政，他投靠淳安王，平地而起直升到丞相之位。

他最討厭這種逢迎拍馬的小人，除了結黨營私，還能幹什麼利國利民的好事？他與幾個關係密切的至交私下裡稱雲赫揚乃淳安王駕下第一神犬！捕風捉影，逮誰咬誰的功力真是無犬能及！

雲赫揚老遠就看到武英侯從太后宮裡出來，步伐有幾分沉重，於是含笑迎了上來，「寧侯很久未曾入宮了，今天有何要事呀？」

看著那張圓圓的包子臉都笑出了褶子，武英侯的拳頭就有點癢，他下意識的把手別在身後，說道：「老夫一個閒散武將能有什麼大事，不像雲相公務繁忙，日理萬機。雲相這是要去淳安王府吧？老夫就不耽誤你時間了。」

潛臺詞的意思是：老夫沒空跟你扯皮，快回你主子那報到吧！

雲包子卻沒有什麼自覺，拉住武英侯道：「侯爺別急著走呀！聽說你家大小姐復活了？是真的嗎？」

「嗯……」武英侯沒什麼好口氣。

雲包子不愧為優秀軍犬，嗅覺靈敏，「侯爺可別瞞我，太后找你不會是因為你家大小姐的事吧？」

武英侯瞪了他一眼，把「關你屁事」這幾個字含在嘴裡沒噴他。

「唉，聽說雖然復活了，不過卻不認得人了？真是可惜了……京中才女呀！」雲包子雖然有惋惜之色，不過那小三角眼裡倒是滿滿的幸災樂禍，似乎在說：反正我家閨女已穩穩的當了王妃，你閨女別說復活，就是成了神仙也搶不走王妃之位了。

武英侯冷哼一聲：「是啊，我寧家也不差養活一個女兒！沒準兒哪天記憶就恢復了呢！」

他的態度很明確——他絕對不會再把女兒送進淳安王府。

雲包子皺了皺眉，左瞧右看，見四下無人，頗為神秘的說道：「侯爺大概不知道吧？王爺的意思，似乎要與南虞那邊開戰，你兒子聽說也在邊關吧？沒有經驗的年輕人……可真是危險啊！」

武英侯呆住了……大兒子寧子葶是他最欣賞和喜歡的，如果消息是真的，那子葶不就危險了？他可不能讓兒子白白犧牲在戰場上！不過……雲包子為何要把這個消息告訴他呢？武英侯抬起頭狐疑的看著他。

雲包子不愧為老牌奸臣，善於察言觀色，忙解釋道：「你我都是有兒女的人，一片父母之心，我怎麼能看著未來的小寧侯有什麼閃失呢！」

且不管雲包子出於什麼目的，但他絕對不會說這麼大的謊來騙自己。因為武英侯自己也有所耳聞，只是不敢確定是不是事實。這回從雲包子嘴裡得知，就一定是實情了，他得想辦法，不能讓兒子去送死！

可是寧子葶在邊關還未滿三年，怎麼才能調回京呢？這事……只有手握兵權的淳安王能辦到了！

心急火燎的武英侯沒心思多說，忙與雲包子作別回家。

看著他匆匆的身影，雲丞相不禁得意的一笑：王爺一定會很高興手裡又多了一枚可用的棋子！

◎※※※◎※※※◎※※※◎

回到侯府，武英侯寫信，命管事趙大到淳安王府送信。

趙大也不是第一回去淳安王府，在送親的那天，抬著十里紅妝把大小姐送到王府……第二天，又抬著一口棺材出城送殯。

趙大在門口等了良久，才有禁軍引他進府。來到淳安王處理政務的麟趾殿，只見玉階下站著好多位紫袍紅衣的官員，級別都不低，趙大忙低著頭彎著腰上了臺階，因此他自然沒看到身著紫衣的雲丞相正從殿內走出，與他擦肩而過……

進了大殿，只見一襲黑衣的淳安王正在批奏摺，趙大遠遠的趴在地上行了大禮，方才把信遞給小太監。

淳安王看後，微微抬起頭瞥了趙大一眼，「趙管家。」

趙大忙抬起頭，他不由得嚥了下口水，難怪大小姐死了都要嫁，這位攝政王長得真是太……妖孽了！

黑如鴉翎的長髮用美玉束住，唇如花瓣，膚如凝脂，比女子都滑嫩，不愧稱為璧人！不過這樣的璧人卻長了一雙鷹隼般犀利的眸子，視線掃過趙大，讓他不禁凜然震悚。

這雙過於陰鷙的眸子讓他看起來更像一條斑斕的毒蛇，優雅的盤踞在那裡吐著信子，可憐的趙大覺得自己就是那隻嚇到不會動的青蛙。

只聽見淳安王冷冷的說：「本王跟你一道回侯府。」

聽說淳安王來了，整個武英侯府亂作一團。這位可是全大齊地位僅次於皇上——實際上是皇上次於他——的攝政王啊！

他連迎親那天都是派王府長史前來的，今日居然紆尊降貴親自駕臨，於是眾人頓時忙作一團。

武英侯沒想到王爺來得如此迅速，窩在書齋不知在想什麼；夫人急令家人打掃廳室、廚房準備酒菜，姨娘們都瞪著八卦眼等著看好戲，而幾位已到花季的庶女們都忙著打扮，萬一有機會扶傻子姐姐出去，豈能放過這個良機？丫鬟們也都盼著能被夫人派出去端茶倒水，好一睹俊王風采。

武英侯從書齋踱出來，看到整個侯府都亂成一窩蜂，不由得怒喝道：「該幹嘛就幹嘛去！一會兒王爺來了直接請到書房！」

鳥獸散盡，嚴夫人羅裙輕擺走到武英侯身後，動容的說：「侯爺，沒想到這麼多年過去了，您還是個錚錚鐵骨的硬漢，絕不向權貴折腰！」

能作為中立而沒被鐵腕的攝政王血洗，武英侯夫人已經很知足了，雖然她也恨這個人差點害死女兒，可是比起滿門抄斬之類的事情，她寧可沒骨氣的向敵人低頭，畢竟活著比什麼都重要。

看到武英侯背影明顯僵了一下，夫人繼續說：「我知道您恨王爺害了薰兒，可是淳安王是個睚眥必報的人，千萬別因為薰兒而得罪了他，咱們全家的性命更要緊啊！」

武英侯沒好意思說出口，其實他只是想私下裡跟王爺商量一下，如果王爺不想要寧子薰這個累贅，他可以一直養著，條件是請王爺把大兒子從邊關調回來。南虞不太平靜，萬一真打起來……他可就這麼一個拿得出手的兒子啊！說是歷練，其實只不過是要讓兒子鍍鍍金，回來好封個官，誰能真拿兒子去送死啊！

「咳……妳先去出去吧，別讓閒雜人等進來，我這裡自有書僮伺候。」武英侯咳了一聲說道。

夫人斂衽輕拜，親自去安排茶點。

聽說沒了戲，寧府小姐們和丫鬟們是最失望的，畢竟淳安王有璧人的美譽，雖然有點小白臉的嫌疑，可也不妨礙他大齊第一美男稱號。

不一會兒，攝政王駕到。其身後是威武的御林軍忠翊衛，車駕次第，氣勢威昂，那可真不是一般的……張揚啊！連小皇帝出行都沒這麼闊氣。不過話說回來，誰讓攝政王有真傢伙——兵符！

攝政王一襲黑衣金蟒的朝服，犀角玉帶，更襯得如一樹寒梅傲然獨立。

趙大引著王爺來到書齋，兩人見面不免寒暄一下。

書僮送上茶點，攝政王蒼舒輕瞟武英侯，說道：「侯爺真是家風嚴謹啊！」

「哪裡、哪裡，王爺客氣。」武英侯寒暄道。

飲了一口回風雪露茶，攝政王輕輕點頭，白皙修長的手指握著飛雁銜蘆的釉裡紅官窯茶碗，淡淡的說道：「聽說子薰沒死，被人救活了？」

武英侯點點頭，面露難色，解釋道：「可惜她已經失憶了，完全不記得人。本想著王爺國事繁忙，但於禮也該讓王爺知曉。當然……現在她這種情況不適合伺候王爺，反正老臣家裡也有地方，且讓她住著吧，等好了再送回王府。」

「這怎麼行？畢竟成了親，也算是我淳安王的人，怎麼好一直麻煩侯爺照顧？」

這已經是傲慢的淳安攝政王史上最謙虛的說辭了。曾經，攝政王為皇上講述國史，據說因為皇上打了個哈欠，他把皇上都打哭了！

武英侯受寵若驚，忙說：「不麻煩、不麻煩！畢竟一個傻……失憶的人，怎麼能給王爺添亂！只是……有一件事，算來老臣長子寧子葶到邊關也快三年了，不知此次朝廷輪調能不能……」他偷眼望向攝政王。

攝政王垂眸飲茶，千年不變的冰封面孔看不出任何表情。

武英侯也默默的飲茶，他心如擂鼓，不知對方到底在想什麼……氣氛頓時陷入莫名其妙的尷尬中。

半晌，攝政王抬起頭，微微一笑，說：「既然這樣，就讓子葶早些回來吧！不過本王還是要把子薰帶回去，若被別人說本王始亂終棄，有辱本王聲譽。而且侯爺不讓本王把子薰接回去，太后那裡只怕侯爺您也不好交代呀……」

武英侯心中一驚……王爺這話的意思是太后那裡的一舉一動他也知道，這是在對他敲警鐘呢！

不過，子薰都成傻子了，淳安王還要她幹什麼？子薰回到淳安王府，他就不可避免的與淳安王有了關係。就算沒有什麼私相授受之事，在旁人眼裡也說不清。太后和皇上到時會如何看他？他這個「中立派」還能繼續中立下去嗎？

可是，如果不把子薰交給淳安王，那子葶就回不來了……

權衡利弊，武英侯只得忍痛捨棄一頭……把寧子薰捨了！

「那……老臣就恭敬不如從命了。不過，子薰此時神志不清，如果得罪王爺，還請王爺多多寬宥。」

武英侯到底還是放心不下寧子薰，可是又不能得罪兩尊大佛，只得硬下心腸，叫小書僮快把這個消息告訴夫人。

只有當事人寧子薰什麼也不知道，正優哉游哉的抱著冰塊解暑呢！

只聽見鎖頭嘩啦一陣響，一群人衝了進來，寧子薰茫然的抬起頭，嘴裡還叼著半塊冰。

「快，給大小姐梳頭化妝換衣服！」

夫人一指揮，原本心裡害怕的僕婦們都暫時捨棄膽怯衝了上去。

「這……這是幹嘛？」一旁的小瑜也嚇呆了。

「淳安王來接大小姐回去，妳們好好為大小姐打扮一番！」方氏皺眉說道。

一旁的夫人自然哭得稀里嘩啦，好好的女兒嫁過去，第二天就傳來噩耗，好不容易活了卻變成傻子，轉了一圈還得回到王府去，她怎麼能不肝腸寸斷？

奶娘方氏剽悍的說：「甭哭了，大小姐這次去絕對不會有危險！人都傻了又不會爭寵，也不會吃醋，還不會勾引王爺，誰還能對她下手啊？」

眾人只假裝聽不見，七手八腳的忙活開了。不一時，圍成一圈的人閃開，中間露出千嬌百媚的寧子薰寧大小姐。

寧子薰身上穿著一件淺色的滿地折枝花袍子，上面用銀線織出大朵大朵的波斯銀菊，均勻醒目，顯得十分華麗。領口的扣襻是寶石花蝶形的金鈕釦，鈕門上嵌一顆櫻桃大小的藍寶石，藍寶石的周圍環繞著八個如意雲頭，鈕門左右各有一組對稱的蝴蝶，蝶背上嵌著紅寶石。她頭上戴著珍珠髮箍，金累絲鳳穿牡丹頭飾，細碎的髮絲用蟲草啄針固定住，臉部的妝也化得濃淡適宜，原本就只是清秀可人的臉，竟畫出一股嫵媚婉轉的味道。

不知為何，小瑜心中卻十分不舒服，可仔細想想卻又不知因何不舒服……大概是看不慣她打扮得像花魁一般！又不是要勾引王爺，幹嘛弄成這樣？

不過到了淳安王府，見了王爺的另兩個女人，小瑜心裡頓時平衡了，寧子薰這種水準的清秀比起她們來，簡直就是蠶寶寶和蝴蝶姑娘的差別，甚至連攝政王都比她長得好看些！以前寧家大小姐還能夠以才學謀略取勝，現在……恐怕只能在蠻力這一項取勝了。

本來武英侯夫人是要多陪送幾個下人，不過卻被寧子薰拒絕了，她除了小瑜，誰也不要。夫人沒辦法，只好裝了一口袋銀票給她，叫小瑜機靈點，多多賄賂王府下人，省得大小姐受罪。

◎※※※◎※※※◎※※※◎

王爺並沒見寧子薰，他直接告訴武英侯把寧子薰打包裝車，跟著浩浩蕩蕩的車隊朝王府方向而去。本來還算中等裝飾的馬車，在華麗的皇家鹵簿面前也成了寒酸的拖油瓶，扭扭捏捏的跟在最後面。

寧子薰在問過「陪嫁侍女」小瑜後才知道，原來冷兵器時代制度特別複雜，坐個車都有等級制度，地位決定車輛。好看的車是有權力的人才能坐的，否則就是「逾越制度」，要被砍腦袋的。

寧子薰更加堅信：人類都搞了幾萬年了，還這麼多條條框框，哪像他們殭屍，從誕生之日就是自由平等的，所以相比之下，殭屍才是更高級的進化體！

淳安攝政王跳下車，鳳目輕瞥，淡淡說了句：「讓寧氏的馬車從側門進吧。」

這一句話就奠定了寧子薰在王府的實際地位。

因為大婚當日寧子薰暴斃，稍晚一些入府的側妃雲初晴就直接被抬成正妃，其實雲初晴只不過是雲赫揚的庶女，就算是嫡出，與淳安王結親都稍嫌門第淺薄了些。

雲赫揚有五個女兒，只有一個嫡出，其他都是庶出。不過嫡女因為從小出痘，落了一臉麻子，實在不能與淳安王相配，而庶女之中就屬雲初晴長得豔冠群芳，所以便許與淳安王為側妃。

比起與太后走得比較近的寧子薰，估計攝政王更願意雲初晴來當這個正妃吧！更何況據坊間傳聞，其實攝政王在以前還是皇子時，就有一位紅顏知己，不過這位美人的身分卻是京城第一花魁，礙於身分，成祖和先帝都不可能同意淳安王娶個名妓當王妃，但據說攝政王又只對這位叫月嫵的花魁情有獨鍾，非卿不娶，所以親事就一直拖到了現在。

不過怎麼就突然成親了，還是一娶就娶三個？

當然，這種宮闈秘辛可不是小瑜能知道的。

反正他明白了一點：只有妾才走側門呢！

小瑜鬱悶得想掀桌，為什麼他這修仙的方外人士要男扮女裝，還要幫殭屍宅鬥？這根本學非所用好不好！可鬱悶歸鬱悶，他還是得教殭屍小姐一些必要的禮儀，要不然第二天敬茶時還不被正妃和側妃整死啊！

進了王府，他才知道什麼叫金碧輝煌。難怪人人都說攝政王有不臣之心。嘖嘖，看這建造得……儼然要趕上皇宮了！

寧子薰卻不怎麼驚奇，在人類歷史中，比眼前這種木質結構建築更宏偉、更壯麗的她都已經見過——雖然是從電子資料庫裡看到的。但相較之下，她更驚嘆於自然界的鬼斧神工，那些人力創造不了的峽谷、高山、草原和河流才是最美的！

王府女史引著他們七拐八繞來到一處幽靜的院落，微微頷首，禮貌中含著幾分敵意。她說：「王妃吩咐寧姨娘暫且住在這裡，因為王爺沒通知說寧姨娘要來，所以房間沒來得及打理，請寧姨娘先屈就一夜，明天看王爺的意思再行安排。」

小瑜眉頭微挑，不過還是從袖中掏出一錠銀子塞給女史，微笑道：「多謝姐姐了，以後還請姐姐多多指點！」

女史手腕一翻，把銀子扣回小瑜手中，冷笑道：「不客氣，奴婢只是下人，不敢！請寧姨娘好好休息吧。」

不用問了，這位一定是雲王妃的人，下馬威用得恰到好處！

其他僕婦把寧子薰的箱籠妝奩往門口一放，也跟著轉身而去。

面對好幾百斤的箱籠，就看出殭屍的好處了，寧子薰一手提著箱籠、一手拎妝奩，面色平靜的跟在小瑜身後。

小瑜抬頭看看四周，還真是幽靜，離後門倒是很近。這個單獨的跨院，左邊鄰倉庫，右邊倚假山，一片竹林把他們的小院包圍了，只有一條小路通向外面，還真是完全隔絕啊！

他推開門，看到院子裡的蒿草都快齊腰了，木門的吱呀聲驚起一群麻雀。兩人「蹚」過草河，走上臺階，進了正房，梁上結的都是蜘蛛網，幔帳布滿灰垢，輕輕一抖，嗆得小瑜一陣咳嗽。

「尼瑪，這是人住的地方嗎？」小瑜忍不住爆粗口。

卻一眼瞥見寧子薰星星眼狀趴在窗口瞄著後院出神，小瑜驚異了，好像從飼養開始就沒見過殭屍露出這種表情！

他也湊了過去，只見後院更為「意境深遠」，茂密的竹林似乎把那毒辣的陽光都隔絕在外，微風輕過，搖出一片沙沙聲，如細浪潮汐捲入耳中，滿眼都被這片翠綠占據了。

小瑜翻了個白眼，就算從竹林中鑽出什麼動物，他都不會感到意外……

——雲王妃，妳是有多恨寧子薰啊？

「這個地方……我喜歡！」寧子薰用力的點點頭。

小瑜吼道：「離王爺那麼遠，什麼時候才能查到兵符啊！」

寧子薰自動遮罩了小瑜啪啦啪啦的嘮叨聲——她只望著竹林發呆。

任務歸任務，能住在這個地方她真的很滿足。身為殭屍戰士，憑著她的身手還有超強的嗅覺，以及夜視能力，她有信心在短時間內找到那個叫兵符的東西。

不過她找到後，並不會直接交給這個半成年體人類，她要藏起來，等那個面具人把她腦中的晶片取出來，再把兵符交給他們。哼，人類都是狡猾的生物，她當然要留心。

小瑜拉過她來開始教她婦人禮數，像是怎麼敬茶、怎麼行禮。除了有點僵硬，寧子薰倒學得有模有樣了。

到了晚上，才有兩個僕婦來送飯給他們，可能走的路太遠，到了這裡飯菜都涼了。看來雲王妃是篤定王爺根本不會來寧子薰這裡，才如此慢待欺辱。小瑜對這位未曾謀面的雲王妃真是一點好感都沒有！欺負一個傻子算是什麼本事？如果有機會，他一定要那個蛇蠍心腸的女人好看！

殭屍不用吃飯，可小瑜得吃。他拔了兩把乾草，又撿了幾塊石頭支起石灶，把陪嫁的小鍋拿出來放在上面，索性當作一次野炊。

吃完飯熄了火，小瑜對寧子薰說：「妳在這裡不要亂走，我得回師父那兒一趟，問問有什麼辦法可以去掉屍斑。」

寧子薰點點頭，坐在院中繼續曬月亮吸收光華。

好在這裡偏僻，又臨近後牆，小瑜換上夜行衣，看了看四周無人便悄悄跳出牆去。他自然不知道後面早有人暗中跟著他，如果是邪物魍魎，身為修道者的他倒能憑著直覺發現，可惜後面跟著的是人類，還是武功高強的人類，他一點都沒發現自己的行蹤已然暴露。

◎※※※◎※※※◎※※※◎

過了午夜，小瑜才回到王府，黑衣人也跟著回來。小瑜跳進荒蕪小院，而黑衣人則進了王爺寢宮。

此時，淳安王還未入睡，正在燈下批閱奏章，冷峻的面孔在昏黃的燈下顯得更有寒意。

只見那黑衣人在他面前緩緩除去黑色面罩……

他挑了挑眉，問道：「可有發現？」

◎※※※◎※※※◎※※※◎

小瑜撣了撣身上的露水，看到寧子薰正盤膝坐在草中，甚感欣慰。

凝神吐納是十分枯燥的事情，低級殭屍蒙昧無知，所以只能以吸食血肉來增強功力。而道士飼養的殭屍則不同，因為從最開始就有一套嚴格的自修課程。這就是學院派和草根派的不同之處，雖然辛苦，但是基礎打得牢固再加上不吃血食減少了戾氣的滋生，進步也會格外快速。

見到小瑜回來，寧子薰問：「有辦法嗎？」

「師父最近發現了一塊絕佳的養屍之地，陰氣十足，就在京郊佛樂山上。他說讓妳晚上去那裡練習吐納，只不過得辛苦點，一晚上要來回趕路。」

寧子薰側頭……養屍地？那是什麼東西？

「就是可以讓殭屍更容易吸收月華，增強功力的地方！」小瑜不耐煩的說。

「原來就是療養地……」寧子薰自動腦補。

在末世她立了三等功時，獲得了一次「腐敗」的機會，到硫磺島度假，那裡有未被破壞的植被和海洋，真是美得讓她這輩子難忘。

小瑜才不管她有沒有聽懂，抓過寧子薰進行一頓惡補，因為明天她將面臨一場「宅鬥惡戰」！

小瑜說得口乾舌燥，殭屍同學才稍微明白了冷兵器時代的人類社會關係。

她的職業：姨娘，是王爺女性配偶中的一員。

上級：王爺、王妃、側妃。

任務：潛伏，在王府找到兵符後可以獲得自由。

於是，殭屍寧子薰，正式在淳安王府「掛牌上陣」。

My Zombie Princess

第4章
古代原來有同類

第二天一早，小瑜為寧子薰梳了個很樸素的髮型，只戴了一支通體碧綠的竹節簪，穿一身淡粉色回紋織錦裙——因為小妾成親不能穿正色，比如大紅之類的，只能穿桃紅淺粉——外面襯著薄紗，看上去十分低調內斂……好吧，實際上就是「示弱」。

昨天那個女史來接他們去拜見雲王妃，一行人穿過重重殿宇宮閣，來到雲王妃所居住的集熙殿。

集熙殿修得富麗堂皇，儼然皇家氣派，小瑜注意到殿宇之上用斗拱銅絲網罩起來，下面有方白石。女史見他一副沒見過世面的樣子，不由得傲氣十足的說：「上面的網罩名『風衣』，下面是『足石』，乃是取『豐衣足食』之意。」

走進極為寬敞的一座九釘九帶的碧瓦朱門，院中種著鬱鬱蔥蔥的大銀杏樹，轉過迴廊就來到王妃的歇息之處。

一行人進到偏殿，雲王妃正坐在鏡前整妝，身穿一身大紅色織金瓔珞長紗衣，烏黑的雲鬢盤成高髻。她正對著鏡子把一枚鳳釵戴在頭上，目光在鏡中與寧子薰相遇，眸子深處閃過一絲陰霾，待她轉身時卻早已換上一抹明媚動人的笑意。

寧子薰的第六感很敏銳，她感覺到那種針對，不過再抬起頭時卻見雲王妃笑意晏晏，她眨眨眼，以為自己看錯了。

小瑜卻驚訝於雲初晴的美麗，這種張揚的美讓一身紅衣的她看上去豔壓群芳，這才是王妃該有的氣度！再看向自己旁邊這位……小瑜懸著的心放了下來……咦，為什麼會有這種奇怪的感覺？

不過殭屍絕對沒有自卑感，對她來講，人類的臉還不都長得差不多，一個鼻子、兩個眼睛，有什麼分別嗎？

小瑜暗中拉了拉她的衣袖，她木偶般接過茶盤跪下，叩頭，口中道：「妾氏寧子薰向王妃請安！」

饒是穿得如此少，寧子薰還是覺得體溫升高，手臂上也冒出一塊屍斑……她忙用另一隻手捂住。這天氣，真是殭屍的剋星啊……

雲初晴打量著寧子薰，見她舉止得體，心中也在揣度她究竟傻到什麼程度。於是她微笑接過茶碗，說道：「快請起，聽說寧妹妹『失憶』了，真是讓人遺憾。」

寧子薰的注意力早就被雲初晴鏡子旁的那盤冰山吸引了，好想走過去……

雲初晴故意問道：「難道連王爺都忘記了嗎？」

寧子薰搖頭，接著又點頭。

雲初晴微挑黛眉，朱唇輕啟，問道：「到底是記得還是不記得？」

小瑜很想捂住這個白痴殭屍的嘴，明明告訴她盡量少說話的！

寧子薰說：「不是記得，而是認得！」

在雲初晴的記憶中，寧子薰總是一副高高在上的樣子，用犀利的語言和無所不能的才學打壓著其他人，特別是她！她和寧子薰從小就認識，那時她父親還只是個小小四品戶部郎官，而寧子薰卻是侯府千金。她們同時拜在慧靜師太門下學習書法和繪畫，她向來被寧子薰踩在腳下。寧子薰樣樣都比她出色，除了外貌。

或許是被欺壓得太過，雲初晴甚至有些怕寧子薰，只能把仇恨深深埋在心裡。而眼前這個寧子薰卻跟她記憶中的根本不是同一人！雖然不知道這個寧子薰是冒牌貨還是真的傻掉，反正她會把眼前這人當成寧子薰，狠狠踩在泥裡，以報這麼多年被她欺負的仇！

「是嗎？」雲初晴像在逗一隻呆頭呆腦的小狗，問道：「那王爺長什麼樣啊？」

寧子薰指指門口，雲初晴回頭，只見一身黑衣、穿著銀色雲履的冰冷男人和一個絕美的柔弱女子正朝她們走來。

說曹操，曹操就到了！

雲初晴看見那名絕美柔弱的女子，頓時露出複雜的神色，又嫉妒又羨慕的表情讓人一覽無遺。

小瑜也被眼前這對神仙眷侶般登對的男女吸引了，男的冷峻不凡，女的輕靈出塵。如果說雲王妃是驚豔，那麼這個女子就是震撼！沒想到世間還有氣質如此純淨美好的女子，讓人覺得若對她有一絲邪念都是褻瀆了她。

「臣妾見過王爺。」

「奴婢見過王爺。」

眾人在雲初晴的帶領下翩然施禮。

「起來吧。」淳安王的聲音依然冷颼颼的。

「月嫵見過王妃。」那個女子輕盈下拜，金絲蟬翼紗把她襯托得更加恍若仙子臨凡。

淳安王的目光掃過寧子薰，眼中射來一道寒光，讓小瑜渾身汗毛瞬間立了起來。

「寧姨娘，還不過來拜見側妃？」

側妃？月嫵？難道她就是那個王爺鍾情的京城第一花魁？小瑜差點摔倒，這麼純潔的長相竟然是名妓？這……這也太讓人難以接受了吧？小瑜震撼中。

寧子薰正努力消化記憶：眼前這個一身黑衣，散發寒氣的人類男性就是淳安王！

她呆呆的看著淳安王，淳安王也瞇著狹長的鳳目盯著她，兩人之間氣氛詭異。

「王爺……」寧子薰突然開口。

眾人的視線全被她吸引過去，連淳安王都不禁挑眉冷冷的看著她，不知她要說什麼。

「什麼事？」淳安王周身散發著一股生人勿近的強大氣場。

「你擋住冰盤了。」她指了指王爺身後正散發絲絲涼意的那盤大冰塊。

眾人撲倒在地，雲王妃暗中挑了挑大拇指：無知者果然無畏！

淳安王陰鷙的眸子裡也跳出一絲微訝，繼而露出嘲諷的表情。

小瑜一臉無語，心中囧道：我讓妳吸引王爺注意，不是這麼吸引的好不好？

「既然寧姨娘這麼喜歡冰，來人，把寧姨娘送到冰窖裡去好好涼快涼快。」淳安王的聲音不帶一絲溫度。

兩個人默默的走上前，架起寧子薰，她側頭懵懂的看了一眼小瑜。小瑜輕輕搖頭，示意她不可妄動。

於是寧子薰就被人請進了王府存冰的冰窖中。

今日皇上又「病」了，不上早朝。於是淳安王也有機會休息半天，他叫人準備棋盤，與雲王妃對弈。

一旁的月嫵輕撫瑤琴，淳安王和雲初晴各執黑白，相互攻守。一爐淡香，雅樂美人，好一幅攬美燕閒圖！

月嫵春蔥般的指尖在瑤琴上輕挑，最後一個尾音，空中似乎還有餘韻。侍立一旁邊的宮人都被她的琴藝所陶醉，沉浸其中。

雲初晴不動聲色，執起一枚白子，輕輕落下。她狀似不經意的說：「王爺，快一個時辰了，寧姨娘她……」

她是王妃，自然要做好姿態，不能讓下人非議見死不救。不過她心中又有一絲疑慮，如果她是冒牌貨，絕對不會做出這麼白痴的事情，難道她是真的傻了？

淳安王微微凝起俊眉，漆黑如夜的眸子看不出一絲喜怒，修長如玉的手中捏著一枚黑子反覆摩挲，突然脣畔揚起笑意，把黑子安在棋盤之上，說道：「初晴，妳輸了！」

雲初晴淡淡一笑，明豔動人，她道：「臣妾還未曾贏過王爺。但不知如果有一天臣妾贏了王爺，王爺可否滿足臣妾一個願望？」

「妳贏不過本王。」

這種篤定和霸氣，在他這個執掌江山萬民的人嘴裡說出才不顯狂傲。

一旁的月嫵卻似不聞，纖細的手指撫弄著琴穗的流蘇。

侍女獻上香茗，這時淳安王才開口道：「把寧姨娘叫過來吧。」

看樣子治了不敬之罪，淳安王大概還不過癮，還要聽一下受刑感言。

不一時，侍女卻獨自回來，臉色十分倉皇的跪下稟道：「回、回王爺，寧姨娘她……」

「她怎麼了？」

淳安王一開口，那個侍女又嚇得渾身顫抖，更說不出話來。

不會是死了吧？這句話憋在雲初晴心裡，沒敢說出口。

那侍女說：「王爺恕罪，寧姨娘……她……她說不想出來！」

淳安王猛地起身，嚇得眾人一凜。只聽見他說：「既然不願意出來，那就待著吧。」

於是，寧姨娘在王府的第二個晚上就是在冰窖中度過的。

看著淳安王起身回自己的麟趾殿，雲初晴和月嫵都起身相送。在低下頭的一剎那，月嫵發現淳安王的步伐似乎比以往更倉促了些；而雲初晴卻根本沒注意到，只在糾結寧子薰是真的發蠢，還是裝傻中。

小瑜知道自己肩上的任務更重了，不但要教殭屍基本禮儀，還要教她與人相處之道。這個只會闖禍的傢伙，每天讓他心驚膽跳不說，更讓他像個被宣判前的死刑犯，不知自己哪天會死，這樣的恐懼懸在心中更難受，還不如給小爺來個痛快呢！

小瑜知道寧子薰凍不死，可這一夜他卻輾轉難眠。

第二天，淳安王在上朝前想起寧姨娘，突然心血來潮，竟然屈尊親自去冰窖見她。打開冰窖，一股逼人的寒氣襲面而來。提燈籠的侍女不禁打了個寒顫，燈光搖晃，淳安王輕輕一瞥，侍女嚇得花容失色。

淳安王雖然是美人，卻是個蛇蠍美人，如果你見識到了他把犯人的肉一片一片割下來烤熟再餵給那個犯人，估計你也不會再對他有任何幻想了。處理一個混入王府的奸細，他就是當著所有王府的僕從這麼幹的！所以王府中沒有一個花痴，大家都很守本分。

往裡面走更是寒冷難耐，比三九天還寒冷。每年隆冬時節，京中王侯家都會到城外河上取冰拉到自家冰窖儲存，等到第二年夏天用來解暑降溫。

淳安王本是先帝同胞幼弟，所修府第制式也按親王規格所建，因此連冰窖的規模都跟皇宮差不多，占地十分寬廣。一行人繞過兩座冰牆，終於看到了寧姨娘，此時她正用爪子撓冰玩呢！

她一見到淳安王，忙垂下眼睛——主要是怕在黑暗中暴露了閃著幽光的殭屍眼——跪下道：「參見王爺。」

淳安王搶過侍女手中的燈籠，照過去。

只見寧子薰身後的冰被她雕成一個人的形狀，而且還……挺栩栩如生的。那臉形、那身姿、那衣飾……分明就是淳安王嘛！

「妳這是幹嘛？想雕個冰人來詛咒本王？」淳安王眼中閃爍著意味不明的光芒。

寧子薰垂下頭，說：「禮物，送給王爺的。」

——殭屍雖然呆，但記住了東西就不容易忘記，看來她還是用了心的！

在後面老遠站著的小瑜鬆了口氣：這傢伙，終於開竅了！

結果卻聽到寧子薰說了句：「能不能再讓我多待兩天？」

經過一晚上，她的屍斑蔓延速度顯明減慢，也不再長白毛了。

淳安王目光一凜，看向寧子薰的目光有點……驚悚？！

「王……王爺！」小瑜快速奔了過來，跪在地上道：「我家小姐自從復生後，身體也異於常人，格外怕熱喜冷，所以才會做出衝撞王爺的事，還請王爺開恩免罪。」

淳安王走到冰人面前，舉起燈籠仔細打量。片刻後，他說道：「算了，以後給寧姨娘每日送的冰加兩倍。」

「多謝王爺開恩！」小瑜瞪了寧子薰一眼，她這才後知後覺的跪下謝恩。

淳安王吩咐身邊的侍衛：「一會兒把冰人抬到麟趾殿去……」

侍衛們小心翼翼的把這尊王爺雕像抬了出來，在陽光下，晶瑩剔透的冰雕更能看出這座雕像雕得多麼神似。

侍衛總管薛長貴撫著下巴想：也許明年元宵節就不用雇傭冰雕工匠了。

總算沒出大事，小瑜深感萬幸。不過，對於殭屍的教育卻不能有絲毫鬆懈！

在大概訓了寧子薰一個早晨後，小瑜覺得有點口渴，打算喝點茶。

寧子薰卻把衣服扯開，露出白皙的後背對著他，說：「我知道錯了，沒得到命令就行事，你懲罰我吧，我應該為所犯的錯誤負責。」

看了些古代書籍惡補知識，寧子薰也知道犯了錯誤是要挨打的，不過她自動把自己劃到軍人的範圍裡，要打也要挨脊杖！

小瑜扭過頭，彆扭的說：「算了、算了，這次就算嚴重警告，以後不得再犯！還不快把衣服穿好！」

寧子薰穿好衣服，突然抱住他，說：「小瑜，你是好人。」

小瑜的臉頓時紅得像火燒雲，他立即推開她，說：「不……不准抱我！拍馬屁是沒用的！死罪可免，活罪難饒，去把院裡的草拔光！」

寧子薰側頭，難道是她弄錯了？擁抱不是人類用來表達親近和友好的嗎？

見寧子薰蹲在院子裡認真的拔草，小瑜不禁捂住胸口，心想：心怎麼跳得這麼快？難道是屍毒入侵了？但好像也沒有這種讓人心跳加速的屍毒啊……

作為一個清心寡欲的修道者，小瑜覺得，他最近真是越來越不淡定了。

殭屍是個好勞力，拔光整個院子的草，也沒喊一聲累。那些蒿草都堆在院子角落，留著當柴草用。平整出來的地上顯露出一條石徑，院子西側還有一口井，看來還能用。

小瑜又支使寧子薰把房間裡的灰塵都打掃一遍，從井裡打水來把裡裡外外都刷乾淨，這時才現出房子的本來面目，烏黑的漆雖然已經斑駁，但顯出本來的木色倒更好看了。反正這個勞力不用花錢，小瑜讓寧子薰用尖爪子把剝落的黑漆都刮掉，又把房間裡的破家具都抬到院子裡，太破爛的直接丟掉，還有一些鬆動的，殭屍的手此時又能充當錘子，把家具一個個固定好，抬到水井邊刷洗乾淨。

最後把陪嫁箱籠裡帶來的門簾、桌布、椅披、靠枕、帳幔等裝點好，這個比鬼屋還慘的地方頓時變成了有模有樣的居處。

小瑜覺得過一陣子管得鬆了，他還可以賄賂送飯的僕婦要些工具，後面全是竹子，可以砍來做個小竹榻，晚上躺在外面一邊看星星，一邊監督寧子薰吸收月華……這樣的日子還真是愜意。

終於到了晚上，小瑜替寧子薰換上一身黑衣，還戴了個面罩，只露出能放光的殭屍眼。他說：「我帶妳去城郊養屍地！」

已經長出的屍斑不會因為有冰塊降溫就消失，所以小瑜還是要把她帶到養屍地，那裡就等於人類溫泉療養處，豐富的陰氣不僅能讓殭屍更好的恢復元氣，還能增長功力。

月朗星稀，四周靜悄悄的，小瑜已經偵察好了王府兵士的巡邏時間，還有暗衛部署的地點。幸好他們所住的地方離後牆很近，算準了時間，小瑜帶著寧子薰來到後牆根下。因為王府本身的等級，宮牆有四個小瑜那麼高，他從腰間解下鉤索，輕輕向上一揚，虎爪鉤牢牢搭在琉璃瓦上。

小瑜悄聲對寧子薰說：「妳等一下，我上去看看動靜。」

他拉著繩子飛快的爬到牆頭，四周寂靜無人，他剛想朝寧子薰打手勢，一回頭，寧子薰已經站在他身後了。

小瑜呆住了，原來他的小殭已是跳屍和飛屍之間的境界了。

在向城郊奔跑中，小瑜很快就落在後頭了，雖然他輕功不錯。

寧子薰不認得路，跑出老遠，又停了下來等小瑜。最後小瑜只好說：「乾脆妳背著我吧。」於是小瑜趴在寧子薰的後背上，指揮著她一路向北……

伏在她的背上，感覺到她的身體和真人一樣柔軟，身上若有若無的飄來陣陣幽香，鑽進小瑜的鼻孔，他忙斂住心神，告訴自己：有什麼好尷尬的？雖然被一個妞背著跑，但這個妞算不得人類！

終於到了這座荒蕪的孤山，不知為何，山上的土是紫紅色的。亂石嶙峋處有一條小瀑布從高處流淌下來，老樹枯枝在月光下映出詭異的影子，除了偶爾傳來的一兩聲怪叫，再無其他聲響。

不用小瑜指點，身為殭屍的寧子薰已感覺到從四肢百骸傳來的舒暢感。她展開雙手對著月亮深深吸了口氣，從土裡冒出星星點點像螢火蟲般發亮的小蟲子，牠們飛舞著聚攏到寧子薰身上。這種屍蟲最喜歡附著在殭屍的身上，吸收殭屍身上的腐敗之氣。

小瑜指著瀑布垂下來的小水潭，說道：「瀑布後面是養屍地的地穴位置，妳可以站在那個地方吸收靈氣。不過天亮前一定要回來，不能被王府的人發現。」

「你不跟著我嗎？」寧子薰眨了眨眼，就不怕她偷偷跑掉？

小瑜背著手，說：「這裡不適合人類，尤其是本道爺！」

看著寧子薰所有心事都寫在臉上的表情，小瑜黑著臉說：「別露出一副『你前腳走我後腳就跑路』的表情！雖然控屍術離遠了不好使，別忘記妳腦子裡只要有那東西，逃到哪裡我都能找到妳。」

「也別露出一副『你怎麼猜得這麼對』的表情！真是的，真不知是不是在人多的地方待久了，殭屍竟然也會有這麼多表情？難道……」小瑜吃驚的說：「難道活屍功力增強的表現就是越來越像人類？我靠！妳這特性也太無用了吧！」

寧子薰摸了摸自己的臉，很是迷惑。難道她不知不覺中做了人類的表情？越來越像人類……那她還算是個殭屍嗎？

在養屍地靈氣的滋潤下，寧子薰覺得身體充滿了力量，而且身上的屍斑也漸漸淡化，連臉都變得更光滑粉嫩，於是她更糾結於自己的非殭屍屬性了。

漸漸的，寧子薰熟悉了來回的路，小瑜就不再陪她一起去了，畢竟跳屍的速度快，小瑜倒成了她的累贅。再者，那裡陰氣太重，對於修道之人的侵蝕尤為嚴重，而且小瑜閒暇時間還要在王府四處暗查，把王府兵力部署和暗哨的情況都記下來，以便向師傅彙報，所以後來都是寧子薰獨自前往，然後天亮前返回。

◎※※※◎※※※◎※※※◎

冰雕事件過後，寧子薰一直未見到過淳安王。因為這幾天淳安王替皇上去北方巡查邊防，一直未歸，寧子薰覺得日子真是安靜詳和，除了每天向雲王妃請個安，剩下的時間就可以自由活動了。

死而復生，又被王爺關在冰窖裡，寧姨娘的名聲在王府也是很響亮的。除了雲王妃，還沒人敢欺負她，誰敢跟傻子作對啊？尤其是連王爺都敢頂撞的傻子。

這天，原本十分「幽靜」的斑淚館卻突然喧鬧起來，寧子薰發現許多侍女都跑到竹林來採竹子，她趴在後窗上瞧熱鬧，只見那些女孩把竹子削成細細的條狀，紮成蓮花型，然後再用糨糊糊在外面，等乾了後再塗上粉色。

她不明白這是要做什麼，跑去問小瑜。小瑜正拿著一本丹譜看得津津有味，卻被寧子薰一把搶了過來，「不好了，外面那幫女人在砍竹子，萬一把竹子砍光怎麼辦？要不要出去阻止她們？」

小瑜瞪了她一眼，「白痴，今天是盂蘭盆節，可能那些侍女的父母亡逝，所以要做些蓮花燈為父母誦經祈福，怎麼可能把竹林都砍光？」

「什麼是盂蘭盆節？」寧子薰沒聽說過，似乎在末世的人類禮儀早已崩塌，每天除了戰爭，哪有精力和物質來過節日？

「就是中元節，也是鬼節！這天是祭祀祖先的，我們道家就會舉行『中元齋醮』，為民眾祈福。當然晚上還是很熱鬧的，有放河燈、有誦經，還有祭祀活動。」

「那……咱們晚上也出去看看吧？」

看著寧子薰雙眼放光，用祈求的神情望著他，小瑜心臟一下子怦怦直跳，清秀的面龐和耳郭染上淡淡的粉紅。

「妳又想偷懶不練功？」他掩飾般的扭過頭冷哼道。

「就看一小會兒……」寧子薰伸出一根手指可憐巴巴的看著他。

「那……好吧，看完就去練功！」小瑜扭過頭用書擋住臉。

他腦海中早已是一片夜色闌珊，幻想著坐在河堤邊，看那河中漂浮著點點燈火，映著天上繁星，無比璀璨……

這天晚上王府在荷花池也要放河燈，寧子薰藉故頭疼早睡就沒去，其實是跟小瑜換上了夜行服，提著個包裹悄悄溜出王府。

有祭祀的地方必有人群，人多的地方又是小商販和藝人們聚集的場所，雖然是夜晚，可城裡的夜市熙熙攘攘，十分熱鬧。

寧子薰和小瑜找了個隱蔽處換上布衣，像許多普通百姓一樣匯入人群之中。

寧子薰如願以償的穿上簡單舒適的布衣，而小瑜也終於不用再穿女裝，恢復少年的裝扮。雖然他只穿著最普通的竹青色夏布粗衣，腰間繫著玄色絲絛，可卻掩不住玉樹瓊枝的光華，俊眉鳳目，面似桃花，顧盼之間神采飛揚，引得無數少女暗中注目。

小瑜從小在山中長大，身邊只有一個老道師父，根本不在意外貌之類的東西。以前在深山裡不綁髮，半長不短的頭髮遮著面孔，也沒有人注意。如今把頭髮束起，引來許多女子注視的目光，倒讓他尷尬不已。

而寧子薰則被夜市的奇景吸引住了，東瞧西看，什麼都覺得好奇，尤其是那些雜耍藝人，說唱的、玩幡竿的、演儺戲的……她覺得自己的眼睛都不夠用了，根本沒瞧見身邊那個美少年正鼓著包子臉瞪她。

夜市除了演出，還有賣各色商品的，什麼蜜餞、時果、臘脯、羹湯，還有女子喜歡的花繡、絲帶、珠翠……真是讓人眼花撩亂。

寧子薰光顧著看熱鬧，卻沒注意到兩個打扮花哨的女子悄悄接近了小瑜。

因為人多擁擠，小瑜只覺眼前一花，寧子薰不見了，倒有一個柔軟的身體撞到他懷裡。一股甜膩的粉香味撲鼻而來，小瑜不禁皺起眉頭扶住那差點撞倒自己的人。

他定睛觀瞧，是個十七、八歲的女子，濃妝豔抹，穿著半透明的胭脂紅紗衣，大敞的領口露出秋香色抹胸，幾乎都快遮不住那「波瀾壯闊」的胸部了。

小瑜心中一驚，忙退後一步，「對不起姑娘，在下衝撞了。」

看著如此絕色俊美的少年露出生澀的表情，那女子不由得抿嘴一笑，「多謝小公子，若不是小公子扶奴家一把，奴家就要摔在地上了。哎呀，我的錢袋……」

她不會是要敲詐吧？小瑜更加驚慌，忙低下頭四處尋找。就在那女子的柳色金線裙旁邊，有個繡工華美的錢袋，小瑜忙拾起來遞給她，「姑娘不要驚慌，在這裡。」

「多謝小公子……」那女子貼了上來，朱唇湊至小瑜耳邊道：「看小公子也是一個人，不如到奴家那裡坐坐？」

小瑜的臉刷一下就紅了，「不……不用了，多謝姑娘，我有同伴的。」他大概也猜到這個女子是做什麼的了。好人家的女兒怎會深夜打扮成這樣四處亂逛？

他回頭找寧子薰，卻不知她鑽到哪去了。那女子玉臂如樹藤般挽住小瑜，廝纏不放，在他耳邊挑逗道：「小公子可是沒多少銀子？放心吧，奴家就是看上小公子了，讓姐姐教你點兒好玩的遊戲……」

不知為何，小殭貼近他，他會有奇怪的反應，可這個豔麗的女人貼上來只會讓他有噁心的感覺。他用力甩開那女子，怒道：「姑娘請自重！再糾纏別怪我不客氣了！」

這時，那女子身後傳來一聲怒吼：「放開他！」

然後，那女子突然就飛了出去……

寧子薰舉著兩個糖人兒氣喘吁吁的站在他面前，問：「那個女人沒傷到你吧？」

所有人都抬起頭，看那女子消失在寺廟殿宇的盡頭……一時間整個世界都安靜了，靜得只剩下呼吸，所有人的眼球都快爆出來了！

小瑜一見事情不妙，一把拉起寧子薰便向胡同狂奔而去，在大家還沒緩過神時消失在黑暗中。

「我們幹嘛逃？」寧子薰問。關鍵是跑起來太慢，還不如她抱著他跑呢！

小瑜瞪了她一眼，「笨蛋，萬一那個女人死了妳就慘了！」

「不會死的，我控制好力度又計算好方向，她最多被掛在寺廟後面那棵大樹上而已。我不容許任何人傷害你！」寧子薰說。

因為沒了小瑜＝不能取出晶片＝沒有自由。

小瑜的心狂跳不已……他想大概是跑得太快了！

不知該說什麼，他只是更緊的握住她的手，說：「咱們去看放河燈吧！」

兩人不再狂奔，手牽手來到河邊，已有許多年輕男女三三兩兩流連在河邊。寧子薰看著那星星點點的光亮在水中緩緩流去，心情竟變得格外寧靜起來。

「人類的世界……原來如此有趣。」寧子薰望著遠方的星火，讚嘆道。

小瑜的轉頭微微瞥向她，那雙漆黑如夜的眸底沉著點點星光，清澈寧靜，似乎這一眼便望到深深的湖心，那種窒息的感覺讓他心跳如鼓，他忙轉過頭調整呼吸。

許久，他開口道：「妳喜歡的話，我……可以經常陪妳來看。」

這樣靜靜坐著，曾經在深山中他可以呆呆的坐上一天，望著頭頂那參天大樹間點點明亮的陽光落在手臂上。

孤獨是他童年形影不離的玩伴，除了師父，他很少見到其他人，直到七歲才逐漸和師父行走江湖，漂泊的生活讓他的記憶裡只有匆匆過客，沒有哪個人能真正在他心中留下深刻印象。他的心像白紙，潔白而空洞，承載著的不過是一頁又一頁的寂寞荒蕪。

而寧子薰則在他心靈的那張白紙上畫下了第一筆，即使她不是人類，但對於從來都是孑然一身的小瑜來說，也是難得珍貴的存在。

小瑜突然覺得即便就是這樣靜靜坐著不說話，他也沒感覺孤寂，因為……他身邊有她！

半天，沒有聽到回答，小瑜一回頭……寧子薰不見了！？

小瑜心中一驚，暗道：她不會真想逃跑吧？難道她忘了還有控制她的人偶？一摸袖子……他臉白了，因為換了衣服他根本沒帶出來！

小瑜著急的站起身四處尋找，逢人便問，一對正放完河燈走上堤岸的姐弟恰巧看到寧子薰，忙告訴他：「你所說的那個姑娘好像往南城門的方向跑去了。」

小瑜只好向南一路找去，並沒有發現寧子薰的身影，一路尋找一直找出了都城。越走越荒涼，藉著慘白的月光，他突然發現地上有一串串歪歪扭扭的足跡，看來數量不少……不過，這不是人類的！

因為人類的腳印是前後錯落的，不可能是兩個腳印並行，而且踩過的土發出淡淡的腥臭味……是殭屍！

難道是寧子薰嗅到殭屍的氣味才跑來了？他加快速度向前方趕去。

在一處山坳，小瑜看到兩具殭屍正在圍攻寧子薰，不遠處還有個黑衣道人正在操控殭屍戰鬥。那人鷹鼻環目一臉陰鷙，一看便是與屍體待得久了，自然形成了一股陰氣。他身後還有個長相醜惡的壯漢，可能是他的徒弟。

那兩具毫無意識的殭屍雖然外形嚇人，但根本不是寧子薰的對手。比起只會伸著僵直的爪子抓人的殭屍，寧子薰身體柔軟、動作迅速，關鍵是她的格殺手法十分專業，並且了解殭屍的身體構造，不一會兒就把殭屍的胳膊折斷。耷拉著兩條胳膊的殭屍根本沒辦法戰鬥，只能在地上跳來跳去，那個黑衣道人急了，搖動法鈴，祭起三個殭屍又衝了上去……

小瑜忙喊道：「這位道兄住手！」

那兩個人一驚，小瑜已來到近前，他瞪了一眼寧子薰，說：「還不停下來？等會兒跟妳算帳！」

黑衣道人也停下手，上下打量一番，拱手道：「請問你是何人？與這女子是什麼關係？為何要襲擊趕屍隊伍？」

女子？看來這道士根本沒看出來寧子薰是殭屍！不過像寧子薰這種「活屍」世上罕見，這趕屍的道人不知也不足為奇。小瑜只好上前施禮：「對不起道長，這……這丫頭腦子有點毛病，所以並不是故意襲擊，請道長見諒！」

黑衣道人瞪了他一眼，氣哼哼的說：「有病還不看好她？讓她四處行凶，把我馴好的殭屍的手都擰斷了，還得接骨！萬一驚了殭屍四處逃散，傷了人，你負得起責任嗎？」

而那個傻大個就木木的站在那裡，手裡拿著武器，看樣子對他們很是防備。

「是是是，都是我們不對……」小瑜被黑衣道人罵得狗血淋頭，還得忍氣吞聲。

「給你！」突然伸過來的玉手上，一錠比拳頭還大的官銀橫在黑衣道人和小瑜中間。

黑衣道人抬起頭，只見那個面無表情的少女用呆滯的目光望著他：「不夠嗎？」

聽小瑜說過，買東西要給錢，雖然在末世貨幣根本不流通，戰士的生活必需品都是靠殭屍聯盟配給，當然也有搶過人類的……不過在這個世界就要遵守這個世界的規則，既然傷了同類，也得付錢給他們看病不是？還好她聰明的把箱子裡的金屬塊帶了出來。

「咳……」黑衣道人用手捂嘴掩飾驚訝，說道：「既然你們有道歉的誠意，那本道就不再計較，以後可不能再襲擊殭屍了……這姑娘，妳吃什麼長大的？真是力大無窮，把殭屍都打殘了！」

看這道人還要繼續囉嗦，小瑜拾起地上的法器還給他，「天色不早了，請道長先行吧，別天亮趕不到義莊（注：暫時存放未安葬棺材的地方）。」

黑衣道人這才忙向他們告辭，把銀子放在褡褳內，叫徒弟在後面鳴鑼，搖動屍鈴，引著那串殭屍向遠處走去。

My Zombie Princess

第5章

人類的嗅覺弱爆了

看小瑜瞪著自己，寧子薰低下頭，小聲道：「對不起，我聞到了同類的氣息，因為太高興了，以為會遇到和我一樣的屍族，沒有告訴你就跑過來了。只是……沒想到他們根本不是我的同類。沒有思想，連活動都要人類控制……小瑜，這個世界是不是只有我一個有智慧的殭屍？」

小瑜目光複雜的看著她，夜風吹拂著寧子薰凌亂的髮絲，越發顯得她皮膚蒼白，那雙原本極漂亮的眼睛卻漸漸灰暗下去，眼中是失望和落寞。小瑜心裡一緊，原來她……也會寂寞，也會想要同伴。

小瑜說：「我不知道這世界上是否有像妳這樣的殭屍，但是世間萬法平等，只要努力修煉，無論人還是殭屍或者是動物，都可以修成大道，擁有長生不死的能力。也許有一天，妳會遇到和妳一樣的殭屍……」

寧子薰垂下眸子，點點頭，不過失望還是灌滿了她的心。

「時間不早了，咱們該回去了。」小瑜牽起她的手。

她有點沮喪，乖乖的跟在後面，像一隻闖了禍被主人逮住的小狗。

◎※※※◎※※※◎※※※◎

趁著王爺不在，小瑜白天經常藉機四處溜達，其實是熟悉地形。而寧子薰則繼續當她的閒散姨娘，混日子打發時光。

與混日子的寧子薰不同，雲王妃是有品階的親王妃子，經常要出席一些重要場合，比如婚宴壽辰等。在皇上表兄延平郡王的婚宴上，她見到了自己的嫡母白氏，兩人自然要「親熱」的噓寒問暖聊上一陣，雖然各自心知肚明自己有多恨對方。

白氏在拉著雲初晴的手時，把一枚密封蠟丸褪到她手心，低聲說：「妳爹讓妳想辦法交到虢國夫人手裡！」

雲初晴心中一驚，臉上自然帶出懼色，被白氏狠狠一捏，才恢復常態。

——虢國夫人，是太后的心腹……爹瘋了嗎？竟然與她暗通款曲！

雲初晴目視四方，兩邊是白氏的心腹侍女，故意把她們與眾人隔開。在嘈雜的說話聲和樂音的掩護下，她低聲說：「別引火焚身！王爺是什麼人，爹還不清楚？」

白氏瞇起眼睛，冷笑道：「就是清楚才不能把注都押在一處！小皇帝早晚會長大，多牽一條線不吃虧！沒了淳安王，妳還可以再嫁，沒了爹，妳就永遠是那個冷血男人的傀儡！妳可想好，妳爹對妳娘和妳可不薄……」

提到她娘，雲初晴咬牙把蠟丸握在手裡。她說道：「放心，我會送到！」

雲赫揚自然明白，淳安王是個極精明細心的人，恐怕就連他的身邊都有淳安王的眼線，所以他才不會找自己人私下裡與虢國夫人接觸，他不會留一絲疑點給淳安王發現。

雲初晴疲憊的閉上眼睛……

她父親原本只是一介小京官，憑著一股狠勁和狡詐被淳安王看中，充當鷹犬走到今天的位置，她明白，支撐他的是那強大的無可阻擋的野心和欲望！而她是雲赫揚的女兒，骨子裡當然也流淌著父親那樣的欲望，能在眾多庶女中脫穎而出，靠的不只是美麗的外表，為了更好的保護自己和母親，她必須變得心硬手狠！

可如今，一切都成了現實，她卻茫然了。

她要的真是這些嗎？每當她看著淳安王和月嫵深情對視，她的心都會如針刺一般。她覺得是自己太貪心了，每個正室不都如此嗎？為何要妒忌一個低賤的側室？可是……為何她卻覺得自己可憐？連王爺一記溫柔的目光都得不到？為了能得到一個擁抱、一個眼神，她……她甚至想用正妃的位置去換！

雲初晴覺得自己一定是瘋了！明知淳安王娶她不過是為了拉攏她爹，他甚至不會多看她一眼。可是……她還是無可自拔的愛上了這個冰冷的男人。

她手捏著那滑膩的蠟丸上了馬車，看著那丸子上還蓋著一枚微型印章，她不禁皺起眉頭。看來得先找個雕刻高手仿了這印章再拆開！

◎※※※◎※※※◎※※※◎

天氣暑熱，淳安王妃下了帖子請一些名門貴胄的女眷來淳安王府飲綠水榭參加品香會。當然，虢國夫人也在邀請之列。

眾位名媛誥命一路從翠蔭遮擋的石子小路來到飲綠水榭，兩旁繁花似錦，翠蓋如蔭，雖然是夏日，卻並不覺得悶熱。而四面通風的廊亭架在水上更是清涼宜人，遠望水面滿目碧荷，時不時飛起幾隻鷗鷺，更顯野趣十足。

眾人不禁誇讚王府小景修得雅致，來到飲綠水榭，只見上面已擺好香桌和香具。雲初晴見趙尚書的夫人攜小姐、杜御史的兩位千金、李侍郎的夫人、梅翰林的女兒、虢國夫人，還有新近成親的延平郡王王妃都悉數到場，忙上前與諸位見禮。透過這麼一個場合來見虢國夫人，誰都不會起疑心，雲初晴可是經過仔細謀劃的。

眾人落坐，性格活潑的杜小姐便說：「這水榭乘涼倒是不錯，可品香就差了些，涼風會把香氣吹散的。」

雲初晴微笑，拍了兩下手，只見幾個太監一拉繩索，四面落下帷幕，把水榭遮擋得嚴嚴實實。而隔著湘竹簾幕，又不會覺得憋悶不透氣。

杜小姐稱讚道：「雲王妃真是巧思！」

說是品香會，其實是鬥香。

這是考驗這些貴冑名媛對香料的認知度，若沒聞出來是什麼香料，只能說是見識淺薄。

桌上放著精美的香具：香盆、香盒、香剳、香匙、香箸、鶩針、火箸、試香盤、割香臺以及聞香爐等。

眾位仕女團坐於桌前，雲初晴開口道：「今日暑熱，我本來還擔心諸位夫人、小姐不肯賞臉前來赴宴，沒想到帖子一下便都來齊了！也算我有福緣，前些日子得了大食的薔薇水，這薔薇水是用西域的法子提煉而來，香味清絕綿長，咱們中原還未能掌握秘方，所以尤為珍貴。我想著諸位都是品香高手，所以才特意請大家來品這薔薇水沁過的沉香木。」

不同的香可以隨意組合，組合出不同的香方，就在這細微的差別裡仔細體會，才是品香的真諦。

延平郡王的王妃蔣月仙突然開口問道：「聽說寧侯家的長女寧子薰『病』好了，也被淳安王接回王府了，怎麼沒看見？」

蔣月仙原來也是京城名媛，曾與雲初晴和寧子薰是同窗，不過她也是嫡女，自然看不起小人得志的雲家。加上她被太后指婚，卻不過嫁了個郡王，可那個從小窮酸的雲初晴竟然嫁給權傾天下的淳安王當正妃，心中早已不滿。不是因為與寧子薰關係多好為她出頭，她只不過想瞧這兩人針鋒相對，藉機取樂嘲笑而已。

雲初晴實在後悔邀請了蔣月仙，原以為她成了親也該收斂，卻沒想到她小氣記恨的性子依然不改！可此時後悔已晚，她只能冷著臉道：「寧姨娘雖然病好了，卻還在失憶中，根本不記得任何人，所以我才沒叫她來。」

這時虢國夫人也瞇著眼笑道：「不是還有另一位側妃嗎？怎麼也不見人影？」

虢國夫人生性風流，自從丈夫去世，就與好幾個浪蕩少年過從甚密。其中一個她最得意的情郎卻偏偏執念於冰清玉潔的京城第一花魁月嫵，讓她心內十分不服：不過只是個煙花女子，哪裡就能把人迷得神魂顛倒？她一直想會會這個花魁，可惜未曾目睹就被淳安王金屋藏嬌了。

虢國夫人也是位驕傲的美人，她對自己的美貌有自信，雖然不再如少女那般嬌嫩，可成熟嫵媚的姿容卻不輸給那些什麼都不懂的小丫頭！她心中不服，正好藉這個機會要瞧瞧那月嫵到底有什麼本事把男人的魂都勾走了，連淳安王那樣的冰山都拜倒在石榴裙下？

蔣月仙也一副惋惜的表情道：「看來雲王妃家法甚嚴，想看一眼舊時同窗都難呢！」

雲初晴扶額，太陽穴隱隱跳疼，腹誹道：這些女人都不是省油的燈！一個蔣月仙就夠煩的，連虢國夫人這顆喜歡裝嫩的老黃瓜都來湊熱鬧，看來不把寧子薰和月嫵弄出來，她們是不肯善罷甘休了！

她抬起頭，強露微笑道：「既然虢國夫人和月仙如此說，就讓她們來拜見諸位世交吧。」

此時此刻在斑淚館裡，寧子薰剛把牙磨平，而小瑜正在院中用砍下來的竹子做涼榻。因為他從小在深山中長大，什麼東西都是自給自足，所以做起這些小物件來毫不費力。

這日天氣炎熱，他只穿著藏青色的長褲，赤著上身砍竹枝，雖然清瘦卻力量十足，動作流暢像隻敏捷的雪豹，長長的頭髮用繩子繫著，垂在腰間，烏黑可鑑。汗珠從他的脊背滑落，閃著光亮。

他把竹子的雜枝砍掉，只剩下直竿，然後再切成一人多長的竹段，剩下的用小刀削成條和片，用來拼接竹榻。接著他將乾枯的草燃起一堆火，用小火慢慢烤毛竹，把它扭彎成竹榻的扶手……

寧子薰一邊用銼磨牙，一邊看小瑜幹活，認真的眼神和晶瑩的汗水最能顯示男子的魅力，不過在殭屍眼裡性別無差，她還是最欣賞小瑜靈巧的雙手。

眼看著小床就要在他手裡完成了，寧子薰心裡樂開了花，她早就羨慕雲王妃有一張貴妃榻，這下子她也能睡在屋子外面乘涼了！

這時外面傳來細微的聲響，寧子薰靈敏的聽覺早就聽出有陌生的腳步向斑淚館走來，她忙撲過去把小瑜拖進房間，「快點穿衣服，有人來了！」

果然，敲門聲響起，寧子薰摸了摸牙齒……幸好剛磨平！

她整了整衣袖，走過去開門。

侍女向她稟報了雲王妃的話，側目看到院中零亂擺著許多工具和竹子，還有未完成的竹榻，不禁生疑，問道：「寧姨娘請了工匠不成？竟然在做竹榻？」

「呃……是我的侍女小瑜做的。」

聽到寧子薰這麼說，那侍女翻個白眼，「女人哪有這個力氣，紮得不結實掉下來還不摔傷人了?快讓她出來給姨娘打扮吧，那邊夫人、小姐們立等著見人呢！」

這時小瑜也從房間裡走出來了，長髮胡亂挽成環髻，額頭上的汗還未消淨，「對不起姐姐，我這就給姨娘打扮。」

兩人七手八腳的幫寧子薰梳髮化妝。因為不過是個姨娘，總不能比正妃打扮得更華麗，所以小瑜找出一件看上去十分清爽的繡著青色翠竹的綢衫，玉色遍地花縐紗裙子，素淨得體又不奢華，正配這樣的盛夏。

簡單的收拾一下，三人便來到飲綠水榭。站在外面的侍女們打起簾櫳，寧子薰低頭進去，只見一廳珠翠繚繞的女人，雲王妃坐在正中。

她按著小瑜教的上前緩緩施禮，「妾氏寧子薰見過諸位誥命夫人、小姐。」

這其中大多數人都見過寧子薰——在她的婚禮上，而第二天又參加了她的葬禮，今天在這裡再次相見，真是有恍如隔世的感覺。不過上次見面是她坐在喜床上即將成為王妃，接受眾人圍觀，這次卻成了妾氏，要對眾人行禮，大家多少有些唏噓……

蔣月仙已走下席來拉住她的手道：「子薰，聽說妳失憶了，也認不得我了？我是月仙啊！」

寧子薰側頭，仔細打量對方，然後說：「我記下了，月仙。」然後鬆開她的手，走到雲王妃身後站好。

因為小瑜告訴她，在眾位誥命夫人面前她沒有坐席的權利，只能立在雲王妃身後。正好她也不願意坐下吃人類食物，不過這次讓她感到很奇怪，沒看到席面上有食物，只有一些奇怪的瓶瓶罐罐。

而這時，只見簾櫳一動，又有人進來了，眾人的目光不由得轉了過去……

只見一位絕美的女子款款走來，她烏黑的長髮光可鑑人，只用一支瑪瑙簪綰起，其餘的長髮垂在背後，更顯飄逸若仙。鬢邊簪著一朵盛開的芙蓉花，清雅淡然，把在座一桌子珠光寶氣的女人襯得更加俗豔。

她的美是那種從容和淡然，沒有張揚，也沒有炫耀，就像一朵花，開放不是因為炫耀，而是因為她本就如此。這樣一位美撼凡塵的女子，任誰都看不出來竟然是青樓女子！

她身上穿著一件垂珠紗衣，隨著步伐，如繡成珍珠般凹凸立體的圓點折射出不同的顏色，十分玄妙奪目，就連常出入禁宮的虢國夫人都未曾見過此種衣料。

虢國夫人那一腔驕傲都化做深深的妒忌，而其他沒有見過的人都被她的美麗震住了，只有寧子薰最淡定，就算是雲王妃都忍不住垂下頭，因為她很想在那精緻完美的面孔上劃一道！

月嫵只是淡淡的行禮，低聲說道：「月嫵拜見諸位誥命夫人、小姐。」然後飄然走到雲王妃身後，與寧子薰並肩而立。

本來寧子薰也不算難看，可是被這位美人一襯，就遜色了不少，眾人也理解淳安王關於名次的安排了……

不過此時，虢國夫人卻開了腔：「月側妃這身衣服是用西域金線織成的吧？如此名貴的衣料宮中都未見過……是淳安王賞賜的？不應該呀，要賞的話雲王妃也應該有一件才是。」

此言雖未明點，可在座的人都聽得出來，這分明暗指此衣是月嫵在青樓時由其他男人饋贈的。

一時間氣氛有些尷尬，眾人都心知肚明虢國夫人為何對月嫵如此尖刻，可也不便說出口，只得垂下頭喝茶。

只聽月嫵開口，聲若黃鶯出谷，眾人可以想像這樣的美人若向男人相求，只怕沒有男人能拒絕……

她說：「這件衣服的確不是王爺所賜，是我在十六歲那年與一位西域香料商人鬥香時贏來的。」

「咳咳……」

此言一出，眾人臉上都有點掛不住了。本來，到淳安王府就是來品香的，卻沒想到月側妃竟是鬥香高手！如此還有誰敢出頭「競香」？

虢國夫人原本想用言語嘲諷令她難堪，卻沒想到被月嫵一句話就堵得無言可回。

這女人……果然是個狐狸精！虢國夫人暗自咬牙。

蔣月仙微笑著說：「沒想到月側妃也擅長品香，既然是品香雅會，斷無站著的道理，快設下座位請兩位入座！我記得以前子薰也善於品香，無論琴棋書畫哪樣都很優秀，我們同窗無出其右者！」

在場的都是名門閨秀，聞琴知雅意，都知道蔣月仙、寧子薰和雲初晴是同窗，哪個聽不出來蔣月仙在暗指雲王妃根本比不上寧子薰……想必這位也是來「鬧場子」的！

雲王妃不禁皺眉，虢國夫人和蔣月仙到底要鬧成怎樣？這哪是鬥香，分明是來鬥嘴的！她忍下怒火，叫人搬椅子來給月側妃和寧姨娘坐，開口道：「既然是品香會，那咱們還是來品香吧。」

一直沉默的寧子薰突然開口道：「我可以不參加嗎？因為我『忘記』怎麼品香了。」

雲初晴白了她一眼，心想：這傻子，不會品待在那裡就好，誰讓妳出頭了？

蔣月仙卻很熱情的拉她坐在自己身邊，仔細的告訴她：「有什麼難的，就是考嗅覺而已，只要能說出是什麼香來就獲勝了。」

寧子薰還是沒聽明白，不過既然說是考驗嗅覺，心中便有了底，「如果是比賽嗅覺，我覺得我能贏……」

殭屍的嗅覺是人類的數十倍強，寧子薰並沒有盲目自大。

「咳咳……」

眾人又是一陣咳嗽，心想：雲王妃也不容易，這兩個小妾一個比一個狂！

在一旁甚感興趣看戲的趙尚書夫人終於開口了：「既然幾位都有自信，不如我們這些客人旁觀，由淳安王的女眷們競香怎麼樣？」

趙尚書夫人的父親是太祖開國時的功臣，門第顯赫，深受三代皇帝信任。而且趙夫人在這些人裡年齡最長、威信最高，提議自然得到在場女士們的支持。

況且，大家都想看這場好戲——淳安王府女眷大鬥法！

雖然名門貴胄家家都如此，鉤心鬥角是家常便飯，可看別人家的笑話就會感覺自己其實還不算慘，更何況還是權傾天下的攝政王家……

於是，一心算計抬高自己在權貴圈的身價、兼之完成父親交代的任務的雲初晴悲劇了。這回「露臉會」成了「出醜會」，她臉都快氣白了……她發誓以後再也不請這群落井下石的八婆來家裡！

不過節目還得繼續，她勉強笑道：「我只是愛好而已，不像別人深入研究，少不得在諸位面前出醜。」

趙尚書夫人擺擺手，瞇著眼笑得像一隻老貓。她說：「雲王妃就不必自謙了，誰不知雲相喜歡品香，虎父無犬女，再說輸贏也不過是個玩樂，誰還認真不成？」

雲初晴的臉更黑了，心想：這死老妖婆，真想一香爐砸死她！把我爹都牽進來了，如果輸了我不就成「犬女」了？

而一旁邊的蔣月仙正「好心」的為寧子薰講解競香的規則。

所謂競香，就是先選出比賽所用的十幾種或幾十種香料，然後在聞香爐中燃起各色香料，從開始的一種到後面的多種，逐漸增加香料，讓參加比賽的人猜，越到後面的混合香料越難猜中，因為許多香料混在一起燃燒很難聞出細微的差別。

寧子薰對蔣月仙說：「能讓我把比賽的香料先聞一遍嗎？」

蔣月仙用可憐的目光看著她，心想：看來以前的事真的不記得了，連香料都不認識！這場比賽恐怕最先淘汰的就是她了！

因為趙尚書夫人充當評審，在得到她的允許後，寧子薰把比賽用的二十種香料挨個聞了一遍。

大家都不看好她，因為香料就這樣放著聞，和之後燃燒起來的味道是很不一樣的，所以她輸定了！

正當侍女們添香灰、擺放比賽用具之際，李侍郎的夫人開口道：「既然是比賽，要有點彩頭吧？咱們也來助個興，押注看誰能得到最後的勝利！」

眾人紛紛解下佩飾、環釵當作彩頭，小小的填漆碧葉盤霎時便被堆滿了。

趙尚書夫人首先開口道：「我看好月側妃。」

杜御史的兩位千金和李侍郎夫人也表示贊同，而梅翰林的女兒和虢國夫人都支持雲王妃，只有蔣月仙拉著寧子薰道：「我……友情支持妳，不過票投給月側妃！」

然後鬥香正式開始，移動的競香盤上立著三個小人偶，代表參與競香的三個人。每答對一次，就走一格，如果比賽中只有一個人回答正確，那麼猜對的人就可以連走三格；如果三次未答對，就得落選，以人偶最先到達終點決定最後的勝負。

趙尚書夫人親自隔著帷幕選香，切下指甲大小的香料放在早已鋪好松針宣紙煆燒成灰的聞香爐內，在灰中加入整燒透的小塊紅蘿炭，透過炭火慢慢烤焙，香味幽幽的發散出來……

趙尚書夫人把聞香爐遞給雲王妃，只見她正襟危坐，右手緊緊握住香爐的頸，左手虛攏成扇狀，蓋住香爐口大半，移至鼻下，深深吸入，閉目凝神，一共聞了三次，才將香爐遞給坐在下首的月嫵。

月嫵與她的動作一致，也是聞了三次，然後用左手遞給寧子薰。寧子薰學著她們的動作，也聞了三次，雖然她第一次就聞出來是薰陸香！

然後她再把聞香爐傳到下一位手中。雖然其他人不參與比賽，可也有品香的權力。而鬥香的三人要在各自的香箋上寫好答案，交給趙尚書夫人和眾人查看。

第一關自然無異，三人都答對了，於是小人偶們都向前進了一格。

隨著香料種類的增加，辨識難度也越來越高。尤其是品了幾回之後，嗅覺便不像最開始那般敏感，再加上香味重疊，就更加難辨了。

趙尚書夫人不禁笑道：「淳安王娶了三個美人，又都是才女，真是有齊人之福！」

眾人也跟著附言，侍女們添了一輪茶湯，默默退去，比賽繼續。

再加了一重香，雲王妃就難住了，在連著三次未答對的情況下首先退出，梅翰林的女兒和虢國夫人一臉失望。不過她們也得承認，到了第四重疊加，她們自己根本也聞不出是加了何種香。就算歧視月嫵的低賤出身，也不能否認她的確有才能！

不過……寧子薰，不是說她變成傻子了嗎？怎麼會如此厲害？難道她是裝的？眾人都疑惑的看著她。

人類，尤其古代女性的心理，寧子薰根本不了解，剛才的鉤心鬥角她沒察覺分毫，心機和語言的較量對她而言更是類似火星語，直接從大腦過濾。她只是很高興在憋了這麼久之後能一下子看到這麼多人類，還能跟她們和諧共處，玩一個她必勝的無聊遊戲。

趙尚書夫人也不禁佩服，這兩個女子都是真正的品香高手，只怕整個皇都也找不出來比她們再厲害的了。她微笑著起身走到帷幕後加了第五重混合香，整個廳上瀰漫著更加馥郁的香味。

月嫵提筆皺眉，半晌，墨滴落在花箋之上。她擱下筆，淡淡一笑，「我認輸了。」

眾人的視線都望向寧子薰，她卻走筆如飛，寫出了五重香的料方，雖然字跡慘不忍睹，但卻沒有一樣寫錯！

這場比賽已經毫無懸念的結束了，可趙尚書夫人卻想繼續考驗寧子薰，遂說：「寧姨娘，不知還能再加香嗎？」

寧子薰眨眨眼，說：「不是我勝利了嗎？」

趙尚書夫人笑道：「我們想看看寧姨娘到底能品到第幾重香，只聽說最擅長品香的明鑑高僧也只品到第十二重，不知寧姨娘可否能達到明鑑高僧的水準？」

「嗯，那就試試看吧。」寧子薰覺得人類真是弱爆了，就這麼幾種味道都分辨不出來，真是太低等了。

——這個世界是你們的，也是我們的，但早晚都是殭屍的！

趙尚書夫人透過增減香料的配比和重量，以及投入先後次序的不同來增加難度，而寧子薰則毫不猶豫的報出所增加的香料名稱。眾人不禁驚嘆，直到二十種香料的各種配比方法都用盡了，寧子薰依然未出一個錯誤。

趙尚書夫人不由得眼睛放光，拉著寧子薰的手興奮的說道：「真沒想到寧侯的女兒竟然是個品香奇才！下個月在我府上有場香會，到時妳也來吧！」

趙尚書夫人是個香痴，喜歡舉辦各種品香會，在官員和貴族圈內頗有影響力，連太后都對她禮讓三分，如果能得她青目，簡直是找到一個靠山。

雲初晴的臉比鍋底還黑……真是搬了石頭砸自己的腳！自己的聲望未增一分，反倒被寧子薰占了大便宜！明明都死了卻還能復活，明明都被王爺踩到最低級竟然還能翻身？這還有沒有天理了？

卻沒想到寧子薰想都不想就拒絕道：「對不起，我不參加。」

她的任務就是盯著淳安王、找到兵符，這些人類的愚蠢活動關她什麼事？她的戰場就在淳安王府，其他人或其他事都跟她無關！

「妳……妳怎麼敢如此跟趙夫人說話？還不道歉！」雲初晴拍案怒起。

寧子薰側頭，呆滯的金魚眼盯著她，小心翼翼的問：「如果不去……趙夫人會讓淳安王責罰我嗎？」

嗯？眾人終於發現這位寧姨娘說話有點不對勁……

「妳……妳不可以得罪世交！」雲初晴也不知如何跟上寧子薰短路的思維，連指責都有點底氣不足。

寧子薰想了想，說：「如果沒有隸屬關係的話，她就不能命令我吧？那我有權拒絕不是嗎？」

「來人！」雲初晴咬牙。當著這麼多女人的面，可不能讓人說她治家不嚴，連個小妾都管不了！

這時，趙夫人沉著臉開口道：「算了，也不是什麼大事。不過是邀請罷了，既然寧姨娘不喜歡參加，也無所謂，何必動怒。」她一向自詡仁厚，雖然寧子薰折了她的面子，可她還得拿出一副不介意的樣子，當著這麼多人的面替寧子薰求情。

雲初晴瞪了一眼寧子薰，「如果不是趙夫人求情，定不饒妳！還不多謝趙夫人？」

寧子薰木木然的朝趙夫人行了個禮說：「多謝趙夫人。」然後轉身要走。

趙夫人忍不住叫住她：「把彩頭帶走！不管怎麼樣也是妳贏的！」

寧子薰皺了皺眉頭，說：「這些金屬和礦石結晶體對我根本沒什麼用，如果可以話，每天多送點冰塊給我就行了。」

說完這番話，寧子薰在眾人吃驚的表情中飄然而去……

第二天，京城貴族圈傳出消息：寧侯的長女寧子薰的確是真傻了！而且還是傻到無藥可救的那種。

寧子薰離去，大家半天都未緩過神來，月嫵望著她的背影不由得微微一笑，率先向眾人告辭離去。

眾人又品了些茶點之後，也陸續告辭。

雲初晴送至園外，送了每人一小盒薔薇露浸過的檀香木。在遞給虢國夫人時，雲初晴微微頷首，虢國夫人自然會意，拿著小盒子上車離去。

望著遠去的車馬，雲初晴長吁了口氣。

那枚密封的小蠟丸中藏著的是南疆駐兵防禦圖。兵權一直在淳安王手中，所以太后想要知道具體的兵力布防還真不容易，大概私下裡也沒少賄賂父親。她不敢把整張圖毀掉，於是就用細筆把圖上的兵力數量更改一二，圖下面重要的火器配備也撕掉了，然後再封入蠟丸……

不知為何，下意識的，她還是選擇了回護淳安王。

哪怕那個男人的心根本不在她這，她還是義無反顧這樣做了！她不後悔冒著背叛父親的風險去做這件事！她在等，有一天，他會看到她的好……

寧子薰回到斑淚館，小瑜聽她義正詞嚴的說自己拒絕了趙夫人的邀請，上去給了她一個栗暴！

「白痴，那麼多珠寶都不知道拿回來！」

「……」寧子薰無言。道士不都是講究清心寡欲的嗎？

My Zombie Princess

第6章

小殭屍的賣萌計畫
（上）

不知外面已傳得風言風語的寧子薰依然過著簡單卻不快樂的日子，小瑜則仍舊忙著調查，閒得爪疼的寧子薰便從斑淚館溜了出來四處閒逛。

聽說王府有個藏書閣，寧子薰決定去看看。學習和吸收才是了解這個世界的最快途徑，她已經學習完整本四字成語，現在能聽懂很多辭彙。一本書看了N遍，就算頭腦簡單的殭屍也會感覺無聊了，所以她才要找些新書打發時間。

她穿過王府花園，從池畔的柳蔭中穿過。如此炎熱的天氣，伴著惱人的蟬鳴，這炎熱的午間花園也極少有人走動。

寧子薰突然聽到柳蔭深處靠近蘆葦叢那裡有響動，她悄悄向那裡走去。只見一個俊美男子跌坐在泥濘中，一身白衣被汙泥染髒，長長的黑髮垂在臉側，半遮住俊美的面龐。

他抬起頭望向寧子薰，眼中卻似沉著無數碎星，光華浮動，讓人離不開視線，渾身泥濘倒讓他有一種頹敗脆弱的美。他薄唇輕輕展開一絲淺笑，並不為自己的狼狽被寧子薰看到而惱怒，而是望著傻傻的叼著狗尾巴草看他的寧子薰說道：「妳要看到什麼時候？幫我把那陷在泥裡的車子推出來。」

寧子薰當然不懂什麼是美男，只是直覺的看出這個男人是個殘廢，他的雙腿大概不能行走，所以才在泥中掙扎。她走了過去把木車從泥裡拔了出來，然後把美男抱到車上。

美男指著泥中的一束紫眠草，說：「麻煩妳再幫我撿一下。」

原來他是為了撿草才摔在泥裡。寧子薰把草抖乾淨遞給美男，結果卻被他握住了手腕。他的手很溫暖，雖然有被吃豆腐的嫌疑，可寧子薰根本沒有反應，她只知道這個男人對她的威脅幾乎為零。

美男鬆開手，長長的睫毛如蝶翼般顫了兩顫，他輕輕吁了口氣，對著她微笑道：「多謝寧姨娘相助。」

寧子薰張著嘴，狗尾巴草掉了下來，「你怎麼知道我是誰？」

那個美男聳聳肩，說：「王府裡的女人我幾乎都認得，看妳的穿著也不是侍女，所以我猜妳是六哥新納的侍妾寧子薰。」

寧子薰輕輕一舉，連人帶車「端」到河岸邊。她揮揮手，說：「我還有事，走了！」

她剛要轉身，美男忍不住開口叫道：「喂，妳不問我是誰嗎？」

寧子薰側頭，擰眉思索，說道：「難道你是逃犯？」

美男差點掉下木椅，一臉囧笑，「妳還真不是一般的呆啊！我叫淳安王為六哥，妳說我是誰？」

「哥……弟……噢，你們是一家人啊！」

寧子薰一副恍然大悟的樣子讓美男很崩潰。

人類很複雜，人類很脆弱，她知道一千種快速制敵的方法，她熟悉人類的行動和戰術，可她真的不懂人類那些複雜的語言含意，說一句話要分好幾種說法。更別提那些繁瑣的禮儀、客氣詞，還要賄賂比自己級別還低的人……偽裝成人類，比跟人類對戰還辛苦！

寧子薰仔細看了看這個男性人類，得出一句總結：「你們長得一點也不像！」

那個美男說：「當然不像，我是庶出。」

「庶出？」顯然這個詞已經超過寧子薰的學識範圍，她茫然了。

美男嘆了口氣，解釋道：「我只是個地位低下的宮女所生。打個比方，如果雲王妃生了兒子，那就是嫡出；妳生了兒子，那就是庶出。明白嗎？」

「我不會生。」寧子薰很肯定。就算王爺肯「姦屍」，她也是不會生出小殭屍的。

美男那浩若星空的眼中不由得多了一抹沉寂，「有時傻也有傻的好處。生我的那個人就是太想向上爬，用盡心思接近父皇，結果卻生下我這樣的殘廢，不但不能攀上高枝，連性命都不能保住。」

超過她理解範圍的，寧子薰一律選擇遮罩。如果一般的女子看到這種殘缺美又身世淒慘的男子，大概都會激起女性同情心，而寧子薰卻平靜的說：「謝謝你告訴我什麼是『庶出』，我要走了。」

「喂，別走！送我回去……」美男眨眨眼，剛才那種淒美的表情早已經被促狹代替。他說：「交換條件是……六哥的一個秘密！」

「秘密？」這個詞對寧子薰有刺激作用，她最想知道的秘密就是兵符！於是她走到跟前一把抬起木車，很豪邁的問道：「去哪兒？」

「寧姨娘，其實這車子還有個功能，就是推著走。不用這樣抬著，我有點兒懼高……」

寧子薰推著木車沿著池邊向北走去，剛走出不遠，只見幾個侍女慌慌張張的跑過來。

「七王爺，您怎麼又自己出來了？」

「對不起，我自作主張的出來，讓妳們擔心了。」

雖然一身狼狽樣，但他溫柔又略帶憂鬱的眼神頓時讓眾侍女沒了抵抗能力。

「七王爺，您沒受傷就好。」

「七王爺，我們好擔心您會出事。」

「七王爺，以後千萬別偷偷跑出來了……」

侍女們把七王爺圍住，空氣中冒著粉紅色的心形泡泡，寧子薰被擠到了一邊，差點掉進水池。

這個叫七王爺的人好像很受女人歡迎……不過可惜他是殘疾人！

人類從這點來說不如殭屍，殭屍就算殘了，有專門訂製殘缺部分的工坊，可以自由選擇與自己血型相配套的五官和四肢，有喜歡猙獰的可以選擇肌膚腐敗術，有喜歡吸血鬼樣式的還可以拉皮增白，變成殭屍與吸血鬼混搭風的時尚屍族。

還有喜歡偽人類系的，可以選擇注射活性人類細胞，讓身體變柔軟、有溫度，跟真人一般。不過，這種活性細胞一般只能在殭屍體內存活二十四小時，然後就會死亡，恢復成殭屍本來的樣子。當然，那都是做久了殭屍的傢伙才想出辦法折騰自己。

看著一群鶯鶯燕燕漸行漸遠，寧子薰提著自己滿是汙泥的裙襬發呆。直到人都走沒影了，她才發現自己竟然忘記去問七王爺關於淳安王的秘密。

剛想追過去，卻聽見有人叫她的「職稱」——寧姨娘。她回頭一看，是個年輕女子。有點眼熟……寧子薰側頭思索。

那女子開口道：「寧姨娘想是不記得了，奴婢是王妃身邊的侍女思巧。」

寧子薰點點頭。

思巧盯著她滿是泥巴的裙子，說：「姨娘這是幹什麼去了，弄得一身泥？」

「如果沒事我要走了。」寧子薰還記得小瑜提著耳朵告訴她的話——離雲王妃和她的人遠點！

「寧姨娘那天品香的表現真是太厲害了，大家都在誇您呢。」思巧不甘心的追了上來。

寧子薰眨眨眼，心想：跟妳有什麼關係？

思巧繼續說：「奴婢其實很佩服寧姨娘的大膽，竟然敢叫王爺讓開，還敢拒絕趙尚書夫人的邀請。不過像您這樣耿直磊落的人竟然要屈居在一個妓女之下，奴婢真是替您不值。」

「妓女？」寧子薰側頭。今天聽到好多陌生的辭彙，看來除了小瑜，還要多多接觸其他人類才能獲得更多的情報。

思巧捂著嘴，驚訝的看她，「不會……您連妓女都不知道吧？」

寧子薰忍不住問：「那是什麼意思？」看樣子應該是個很勁爆的詞。

思巧憋了半天才說道：「就是……就是人盡可夫，跟很多男人都發生關係，用身子換取一切的女人！」

寧子薰愣住：咦，這就叫妓女啊？末世人類女性存活機率很小，因為女性很脆弱。為了繁衍後代，通常都是好幾個男人保護一個女人並組成家庭，那些男人會把得到手的好東西都給自己的女人，這種有什麼好奇怪的？像這裡，一個男人擁有幾個女人才是奇怪的事吧？

她點點頭，「我見過月嫵，她長成那樣（太柔弱）……一個男人是不夠（保護）的。」

噗……思巧很想噴出一口血，傻子的想法果然沒有下限！

「可是……寧姨娘，您不覺得被這樣一個女人踩在腳下很不公平嗎？侯府千金見到那個妓女竟然要行禮，還要尊稱她為側妃。」思巧撫著胸問道。

寧子薰想了想，說：「其實很公平，因為她級別比我高，所以我見她要行禮。可是沒有規定說不能升級啊，如果我級別比她高就不用再行禮了。」

思巧目露精光，問道：「這麼說，寧姨娘是想跟月嫵一較高下的？」

「一較高下？我的目標只是王爺！」寧子薰說。

小瑜輕功不錯，經常趴在各處偷聽情報，回來八卦給寧子薰，說聽到一些老嬤嬤私下議論月嫵如何得寵，王爺似乎只召過她到麟趾殿，連雲王妃都只是個擺設。

在努力消化吸收後，寧子薰得出結論——只有變成王爺親近和喜歡的人，才能自由出入麟趾殿！因為聽小瑜說王爺的麟趾殿很有可能是藏兵符的地方，但小瑜進不去，只有她的身分可以出入，不過王爺從來沒召見她。為了幫助小瑜完成任務，她要努力……把王爺擺平！

小瑜成天罵她白痴，就算是殭屍也是有尊嚴的好不好？只要拿到兵符，到時還不嚇他一跳？得意了半天，寧子薰再一抬頭，才發現那個叫什麼巧的竟然沒影了。

動了。

——真是沒禮貌，連個招呼都不打就消失了。

寧子薰這個腦仁只有核桃那麼大的殭屍，當然不明白宅鬥什麼的是古代最火爆的女性活動了。

思巧激動得臉都紅了，她忙跑回集熙殿，稟報雲王妃：那個傻子竟然要向月嫵挑戰了！意在邀功的思巧把自己如何巧舌如簧鼓動寧姨娘的話，添油加醋說了一遍……

雲初晴黛眉微挑，玳瑁梳輕輕攏著油黑的長髮，鏡中的美人風華絕代，可惜卻不能引起那人絲毫的憐愛。

——沒想到啊，寧子薰就算傻了，一顆心也繫著王爺。不過王爺的心……恐怕只在那個月嫵身上。也好，且讓月嫵與那傻子鬥上一鬥，讓那個女人也吃點苦頭！

雲初晴檀口微張，說道：「把這個消息散播出去，越多人知道越好！」

寧子薰回到斑淚館，果然又被小瑜提著耳朵臭罵一頓。她先換上一件乾淨的裙子，才把遇到七王爺的事情告訴了小瑜。

小瑜一頓，皺著眉頭若有所思，半天才對寧子薰說道：「七王爺封號咸寧王，諱睿景，是成祖皇帝第七子，自幼殘疾，雙腿不能行走。欽天監認為是天降災星，成祖本欲溺死這個孱弱的嬰兒，後來在成祖寵愛的李妃極力勸阻下才罷了，不過生下殘疾嬰兒的宮女卻被杖責至死。七王爺就是李妃親手養大的，還跟李妃所生的六皇子淳安王感情篤深。直到現在這位七王爺也未去他的封地就任，而是一直留在京城裡。不過我要警告妳，離他遠點，他比淳安王更危險！」

「為什麼？他連跑都不會。」寧子薰毫不在意。

「因為……」小瑜瞇著眼說：「他除了是王爺，還是個神醫！千萬不要讓他摸到妳的手！」

七王爺因從小殘疾，又體弱多病，所以久病成良醫，對醫術十分喜好，皇后也支持他的愛好，四處搜羅孤本醫書、神奇的草藥，還找名醫來教他。久而久之，七王爺倒成了本朝第一神醫。後來李妃重病，他親自帶領太醫院的御醫們擬方開藥，不顧身體不好，衣不解帶的伺候李妃，幾次累暈。李妃晏駕，七王爺又在她的陵寢守孝三年才回到京城，這些事早已人人皆知。

「已……已經摸了。」寧子薰很想縮頭，雖然這對於一個殭屍來講很有損形象，不過她更怕小瑜的獅子吼。

「什麼？」小瑜咆哮道。他知道一般的御醫、大夫可以糊弄過去，可這位是神醫！萬一……萬一摸出不對勁來，告訴了淳安王……聽說淳安王昨晚回來了！想到這裡，小瑜臉色蒼白，冷汗都滴下來了。

「呃，他摸了一下也沒什麼反應啊。不如……咱們主動出擊，探聽一下情況？」寧子薰舉起手輕聲說。

「妳一個姨娘，找什麼藉口去見七王爺？」

「他說過啊，要告訴我一個淳安王的秘密。」

小瑜眼睛一亮，這倒是個接近七王爺的好辦法。這時，卻聽到寧子薰說：「那我可不可以問他關於淳安王兵符的秘密？」

「妳白痴啊！」

寧子薰頓時捂住耳朵。

◎※※※◎※※※◎※※※◎

換了一身素淨的衣服，寧子薰被小瑜監押著去見七王爺。七王爺雖然有自己的府第，可淳安王卻不放心，常留他在淳安王府住著。

七王爺住在王府西側的杏花天，這裡開闢一大塊地作藥圃，種了許多名貴的藥材，四周還種著無數杏樹。每年春天，火紅如霞的杏花染紅了半天，一身白衣的七王爺坐在樹下，任憑片片落花飛落肩頭，那落盡繁華的寂寞，溫潤而略帶憂傷的眼神揉碎了無數女人的心……

杏花天的小院門口無人把守，頗有點歡迎各類人士前來參觀的意味。

小瑜輕輕一推門就開了，只見鬱鬱蔥蔥的綠樹下，那個憂鬱的七王爺正倚在竹榻之上，手中拿著一束紫眠草正在發呆。微風輕拂，斑駁的樹影印在他的白衣上，黑色長髮用一支玉簪綰住，幾縷細碎的髮絲垂在耳側，沉星碎璃的眸子專注的盯著那束草。旁邊的小花梨茶几上放著兩杯玫瑰花茶，兩朵水中花盛開在杯底。

小瑜拉了一下寧子薰，兩人飄然下拜：「見過七王爺。」

似乎早就料到她會來，七王爺抬起頭，對寧子薰微笑道：「我知道妳會來。」

寧子薰好奇問：「你怎麼不自稱『本王』？」她記得那冰塊臉似乎每句必稱「本王」。

「王爺的身分於我來說不過是浮雲，我更在意神醫的稱號。」七王爺拍拍竹榻旁的小杌子，說：「來，先喝杯茶，坐下慢慢聊。」

小瑜本就怕得要死，一見七王爺提到神醫的身分，更是像炸了毛的貓，死死的盯著他。

七王爺感覺到小瑜的注視，轉過頭。他眼如彎月，對寧子薰說：「妳這位侍女的眼神跟小喵好像哦。」

小喵是誰？寧子薰側頭。

七王爺像變魔術一般，不知從哪拿出一塊魚乾，「深情」呼喚道：「小喵，小喵……」

「喵……」

果然小喵就來了！這是一隻玳瑁斑的簡州狸貓，不過長得卻是又肥又大，圓溜溜的身子像顆大肉球從草叢裡滾了出來。因為臉上的肉多，幾乎把眼睛都擠成了「一」字，看上去永遠是一副淡定的表情。

牠的腦袋隨著七王爺手裡的魚乾左右搖晃，見七王爺就是不給，牠瞇起了眼睛，顯然被逗得惱了，一顆巨胖的大肉球突然飛起來，跳到七王爺臉上一頓踩踩。

「好啦，小喵，不要鬧了！」七王爺英俊的面孔被踩出一臉貓腳印，不得不把魚乾奉上才得以解脫。

大花貓喵嗚一口把魚乾吞掉，這才心滿意足的跳了下來。

這……怎麼可以叫「小喵」？分明就是喵爺！是餵什麼能把這隻貓養成這樣的？真是肥啊！小瑜驚嘆不已。

大花貓轉頭看到寧子薰，眼神突然變得驚悚(ʘoʘ)，一步步朝著寧子薰走來。

不好！小瑜突然想到貓是靈性超強的動物，可以嗅出非人類的氣息，尤其是屍體。「貓驚屍」就是因為貓陰氣重，可以過氣給屍體，引起詐屍現象。

他剛要把那胖貓嚇走，卻見牠走到寧子薰面前，用力蹭過她的腿，然後滾到她腳下用爪子鉤著她的裙邊玩耍。

小瑜差點摔倒，而七王爺則酸溜溜的說：「小喵從來不跟任何人親近，跟了我這麼久，還得用美食勾引，為什麼……會跟妳這麼親？」

大概殭屍的味道比魚乾好……不過寧子薰沒敢說出來。

寧子薰伸手撓了撓那渾圓的毛肚皮，乾笑兩聲，說：「嘿嘿，牠的肚皮好柔軟。」

七王爺幽怨的看她一眼，甚至妒忌，因為他從未摸過那滾圓的貓肚皮。於是他說：「寧姨娘是個單純善良的『人』，連小喵都喜歡妳，所以我也會支持妳的。」

小瑜皺起眉頭。寧子薰說話跳躍性強，讓人抓不住重點是因為她非人類，可七王爺怎麼也說話不著邊際，支持她什麼啊？根本就沒聽懂。

小瑜只好插嘴道：「七王爺不是說要講王爺的秘密給我家姨娘聽嗎？」

七王爺端起茶杯，飲了一口，才說道：「這個秘密就是……六哥跟任何女人都沒有圓房，包括月嫵！」

「不會吧？」小瑜很震驚，王府所有人都說月嫵是淳安王最鍾愛的女子，淳安王因為她的身分寧可一直不娶，直到成祖皇帝和先帝都駕崩後才把月嫵接進王府。原以為他是痴情系的，卻沒想到原來淳安王是禁慾系的！

「這是真的哦。」七王爺一臉期待的看著寧子薰說：「千萬不要把這個秘密洩露出去。寧姨娘，妳現在知道真相了，可要加油喲！如果有什麼需要，我都會全力以赴的幫妳，雖然其他人都賭月嫵完勝，但我可是下了三百兩銀子賭妳贏的！」

什……什麼意思？他怎麼越來越聽不懂了？寧子薰這個番薯腦袋一定背著他幹了什麼好事！於是小瑜狠狠的瞪向寧子薰。

寧子薰卻一臉無辜的看著他，說：「七王爺在說什麼，我也沒聽懂！」

「妳還裝糊塗？現在全王府的人都知道了，妳要和月嫵競爭側妃的位置，爭奪王爺的寵愛。」七王爺托著香腮，一臉看好戲的樣子。

小瑜瞇起眼睛咬牙問道：「姨娘怎麼從未跟小瑜說起來這件事？」

寧子薰嘟著嘴想了半天，才想到中午遇見那個叫什麼巧的，不過她只是說想跟王爺搞好關係，什麼時候說要跟月嫵競爭了？真是「莫名其妙」！

嘿，她終於會用四個字的詞說話了。不過現在不是她應該高興的時候，望著小瑜要咬殭屍的表情，她忙把中午遇到思巧的事情解釋了一遍。

小瑜氣得當場沒暈過去，咬牙用指頭點著她的腦袋說：「都說不能和王妃的人多說話了，現在鬧得沸沸揚揚，可怎麼辦？」

「妳……是寧姨娘的侍女吧？怎麼可以教訓主子？」七王爺在微笑，可眼中閃動的寒光卻有了幾分淳安王的氣勢。

小瑜張了張嘴，忙跪下道：「因為我家主子太單純了，經常被人欺負。奴婢一時心急忘了尊卑，還請七王爺責罰。」

七王爺撫著下巴，說：「嗯，責罰免了，妳去給我們泡盞須問湯來。」

「須問湯？」小瑜抬起頭看著他。

「這都不知道？連小兒都編成歌來唱：半兩生薑一升棗，三兩白鹽二兩草，丁香木香各半錢。約量陳皮一處搗，煎也好，點也好，紅白容顏直到老。去吧，不會的話去問問茶湯間的嬤嬤，煮好了端來給我們。」

「這……」小瑜看著寧子薰，這個時候七王爺要支開他，一定是想對她說什麼。他怎能放心把她一人留在這裡？腦殘的前提是有腦子，可這位連腦子都沒有，他著實放心不下啊！

「孤男寡女的，對七王爺和我們姨娘的名譽有損吧？」小瑜據理力爭。

「誰說我們倆孤男寡女了？」七王爺理直氣壯的指著喵爺說：「不是還有阿喵嗎？」

小瑜就這樣被轟出杏花天，急急的跑去煎什麼倒楣的須問湯。

七王爺看了一眼寧子薰，說：「寧姨娘不是想接近六哥嗎？妳知道男人喜歡什麼類型的女人嗎？或者說我六哥會對什麼樣的女人動心？」

寧子薰搖搖頭。

七王爺微微一笑，眼中沉著狐狸般的狡詐，「妳想知道就得聽我的！」

只有接近淳安王才能進麟趾殿，只有進了麟趾殿才能找兵符，只有找到兵符才能獲得自由——由此推測，看來……她似乎只能聽七王爺的了。

於是，寧子薰點點頭，說：「嗯，我聽你的。」

「乖！」七王爺用手拍拍寧子薰的頭，就像拍喵爺一樣。

茶湯間的老嬤嬤簡直比他師父還磨嘰，好不容易湊齊了東西，她又說七王爺喜歡飲梅花水，又讓他刨出埋在梅花樹下那一罈子冬天掃下來的香雪水才開始煮，等到煮成，都過了一個時辰了。

小瑜急著跑回杏花天，離得老遠就看到七王爺不知在說什麼，寧子薰垂著頭微笑，眼中滿是溫柔……溫柔？！她……她可從來沒有過這種表情！

小瑜呆住了，微風吹拂，一片樹葉落在寧子薰的頭上，七王爺幫她輕輕摘去。她笑語晏晏的看著他，兩個人並肩坐在竹榻上，畫面纏綿繾綣。小瑜被釘在那裡，只覺得有什麼東西在心中蔓延，酸酸的、漲漲的……

「七王爺，請喝茶。」小瑜其實很想把茶倒他身上。

七王爺看到小瑜回來，輕聲對寧子薰說著結束語：「每天別忘了來哦。」看來該說的都說完了。

寧子薰乖乖點頭，然後起身對小瑜說：「咱們回去吧。」

一路上，小瑜心中氣悶，看什麼都礙眼，連路邊的假山石都恨不得上去踢一腳。可惜他忘記自己現在穿的是繡花鞋，不是男子青靴，腳部傳來的劇痛讓他捂著腳半天都不能動彈。

「你怎麼了？」寧子薰停下腳步，她能感覺出小瑜身上散發的怒意。

小瑜說：「以後不要去七王爺那裡，被淳安王和其他人知道的話，又不知會造出什麼謠言了。」

「不，我要去。」寧子薰搖搖頭，說：「只有從七王爺那裡才能套出淳安王的愛好。一直都是你在工作，我們是一個團隊，我不能只讓你一人辛苦。只要我能順利進入麟趾殿，就有機會查兵符的下落，只要有兵符，我們才可以得到真正的自由。」

原來……她是為了套情報。不知為何，小瑜聽到她說什麼「一個團隊」、「不能讓他這麼辛苦」之類的廢話，心中的憤怒一掃而光，竟然還有些許雀躍。

從他記事起就一直和師父在一起。師父修煉道術，因為喜歡研究殭屍而經年都生活在山裡，直到他七、八歲後，師父才逐漸帶他雲遊各地，讓他解了一些市井風俗。他從小就是看著殭屍長大的，所以對這種人人得而誅之的邪物並沒有什麼恐懼心理。就像放羊的娃不怕豺狼，種田的娃不怕水蛇，身為一個要繼承師父衣缽的殭屍道長，他也不可能怕殭屍。

這些年，師父帶著他到塞北抓過銅皮鐵骨殭屍，在苗疆見過蠱毒血殭，在虞國深谷遇過黑毛白煞……師父一直想把殭屍馴化成為人所用的利器，可惜殭屍不用符咒鎮著根本不聽使喚、還會傷人，就算把紫魄安入殭屍體內也只能做簡單的事情，直到在齊國找到了寧子薰。

她這種有思想、有行動力、甚至可以說話的殭屍，他還是第一次見到，師父不知為何卻非對那神秘人的命令百依百順。小瑜猜想，也許師父有什麼把柄落在那神秘人手裡，所以不得不依。

果然，那神秘人要他們來王府取什麼勞什子兵符，兵符可是調兵所用的，不用猜也知道差遣師父的一定是齊國的重要人物。於是，為了能得到這個罕有的殭屍新品種，他不得不裝成女子留在淳安王府。

可是，他卻沒有想到原本應該是操控者的他，卻漸漸的把這個殭屍當成了活人……一個有思想、有人性的活人！他會因為她受欺負而生氣，也會因為她不忠於他的領導而惱怒，甚至還會因為看到一具殭屍的裸體，自己身體發生奇怪的反應。師父只教他道術，從來沒教過他如何與一具「有思想」的殭屍相處。

今天看到小殭和七王爺在一起很開心的樣子，他不知道為什麼他的心情會如此煩躁，他只想快點找到兵符，平安的把她帶走，因為……她是屬於他的！

一抹夕陽映紅了天邊，幾縷金黃色的餘暉落在兩人身上，扶著假山石的小瑜表情看上去有幾絲蕭索和沉重。

寧子薰不懂人類的情感，但能感覺到人類的情緒。她覺得小瑜是被石頭磕傷了又不好意思說——也就是人類虛偽的自尊心在作怪。

她走到他面前，突然抱起他，「我們回家。」

「唔……唔……」小瑜想說「放我下來」，可是他說不出來。一個男人被女人抱也就算了，可是能不能不要用手把他的腦袋按在她胸前？他都快被捂到斷氣了。

耳邊只能聽到樹葉嘩啦啦的響聲，小瑜知道她一定是抄近路從林子裡直接跑回去的，回到斑淚館，兩人都成了滿身樹葉的刺蝟了。

照例，僕婦送來兩份做得跟豬食一樣的東西。

雲王妃的厲害之處就是完全按照姨娘的分例配給她們蔬菜和肉食，不過做出來的東西卻難吃到讓人想吐。這樣就算她們告到王爺那，也不能說她剋扣了寧姨娘分例，至於不吃，是妳自己的事。這就是得罪雲王妃的下場……

寧子薰現在已經完全習慣了吸收自然能源，根本不用吃血食，這樣只苦了小瑜一人，寧子薰曾經看到他吃烤兔子，便「聰明」的每天晚上出去曬月亮時順便抓一隻兔子或者野雞之類的小動物回來，讓他自己烤著吃。

小瑜讓寧子薰有空從路過的田地邊偷點蔬菜水果，反正他早已習慣風餐露宿的生活，在小院中壘起石灶煮飯，生活相對自給自足。至於剩飯……都餵給寧子薰某次捉來還沒弄死的斑紋脊背小野豬了。

雲王妃很是詫異兩個人對飯菜的忍受能力，曾有一度十分後悔把寧子薰安排在這個相對獨立的斑淚館，因為就算她想派人探聽都不行。斑淚館偏僻荒涼，雖然有竹林遮擋，可奇怪的是每次派去的人都能被寧子薰發現。早知如此，當初還不如都擠在內院裡，她可以隨時掌握寧子薰的動向。

晚飯，小瑜吃了點用鹽醃的風乾兔子肉，就著粟米粥。他一邊喝著粟米粥，一邊問寧子薰到底七王爺跟她說了些什麼。

寧子薰坐在小瑜做的竹椅上，很肯定的說：「七王爺應該沒看出我是殭屍，他還說想幫我治病恢復記憶，所以每天要我過去，給我吃藥還有針……針……」

「是針灸！」小瑜凝著眉說：「七王爺……目的真的只是這麼簡單嗎？」

寧子薰無聊的把竹葉投入火中，說：「反正吃什麼藥都不會對我有影響。」

火燒到潮濕的竹葉，發出劈啪聲。小瑜沉默著，對於寧子薰和七王爺的事情，他不知道自己該贊成還是反對。

等到夜深，寧子薰換上黑衣去養屍地，他才把大木澡盆拖到井邊，打水洗澡。

炎熱的夏天泡在水中降暑，抬起頭還能看到星星，真是很舒服的一件事。不知過了多久，小瑜竟然泡在水裡睡著了……

寧子薰帶著一身濕氣輕輕跳回小院，才發現小瑜枕著木盆邊沿睡著了。長長的黑髮像黑色的水草蜿蜒漂浮在水中，纏著那清瘦稚嫩的身體。

人類很脆弱，怕冷怕熱怕細菌怕受傷，寧子薰搖搖頭，輕聲喚道：「小瑜，醒醒啦，要睡回屋睡去！」

她還沒走到跟前，只覺腳下一滑，正踩中了一枚掉在地上的澡豆。她猛地向前撲了過去，一頭栽進浴盆裡。

「咕嚕咕嚕～～」

她真不是故意想看見的。可是……殭屍的夜視能力超好，於是小瑜「杯具」了。

「妳……妳……妳快點給我滾出去啦！」小瑜的臉紅成了番茄。

My Zombie Princess

第7章

小殭屍的賣萌計畫（下）

寧子薰在水裡掙扎半天，終於鑽了出來，可是手卻按在了不該按的地方。

她那薄薄的衣服緊貼在凹凸有致的胴體上，微張的領口露出雪白的脖頸，水珠沿著面頰一直滑落到豐滿的乳溝，渾圓的形狀半浮在水面……小瑜頓時血脈賁張，渾身的肌肉都緊繃了起來。

「咦？」寧子薰感覺手按住的地方似乎越來越膨脹，不由得下意識的捏了兩下。

「不要……」小瑜喉結輕輕蠕動，聲音聽起來似乎有點痛苦又有點舒服。

見狀，寧子薰彎腰低頭看向水中，好奇的張望著。小瑜大囧，縮起身子呵斥道：「妳還不出去！我要用縛屍術了！」

「你病了嗎？怎麼腫了？」寧子薰身為智慧殭屍雖然了解人類，但是絕對不了解人類的身體。

「關妳什麼事？滾回去睡覺！」小瑜瞬間黑臉怒吼。

這一夜，小瑜的夢裡都是少兒不宜的畫面……

第二天早上，當寧子薰趴在床沿邊好奇的盯著小瑜時，他用被子把頭捂住不理她。

寧子薰力大，拉開被子問：「你生病了？」

「嗯……妳自己去七王爺那吧，我今天不去了。」他扭過頭，元寶般的耳郭被陽光染成淡粉色，孩子氣的嘴倔強的抿著，看起來格外可愛。

寧子薰想了想，走到廳裡，把小瑜偷偷用錢換的粳米倒出一些，按照記憶中小瑜所做的，用水清洗一下然後放在陶罐裡，又去點柴燒火，雖然笨手笨腳但也把粥煮熟了。

她端著粥來到房間裡，放在桌子上後對小瑜說：「要吃東西才會有力氣，如果還不好，我叫七王爺給你看病。」

「不許找七王爺，我躺會兒就好了，妳走吧。」小瑜揮揮手十分不耐煩的趕她走。

寧子薰很是不解，為何小瑜對她的態度變化如此大？人類真是奇怪的生物，明明沒招惹也會生氣！哪像殭屍性格直爽，只有在搶地盤和搶食物時才會發火。

看著寧子薰走遠，小瑜起身，換衣、拆被、清洗……然後望著院中掛著飄揚的被褥，他狠狠給了自己一耳光！

他絕望的跪在地上……完了，聽師父說，元陽一破就再也不能有大的修為了！昨晚……

是不是就是洩了元陽、破了童子身？怎麼辦？

小瑜迷惘了，絕望了。他從記事起就一直跟著師父修道，他此生唯一的目標就是成為比師父更厲害的殭屍道長。

師父曾告訴他，想要不破功，一定要保持童子之身，不能親近女人。那時他還小，不明白是什麼意思，現在他終於明白了，原來女子是可以亂人心性的。就像昨夜，他根本控制不住自己……

「嗚～～師父，救救徒兒！」

◎※※※◎※※※◎※※※◎

寧子薰來到杏花天，正巧萬人迷七王爺正為幾個女史把脈，溫潤如玉的外表再加上神醫的名號，草食男七王爺可是眾多女子心中的高富帥。

看到寧子薰，女史們忙垂頭行禮，不過目光卻像探照燈般聚攏到她身上——敢跟月嫵叫板，她不是傻了，根本就是找死！

七王爺笑咪咪的對眾女史說：「好啦，今天就到此結束吧，有疑問的明天再來。」

八卦女們聽說七王爺要為寧姨娘治療失憶，更加感嘆七王爺溫柔又善良……等人都走光了，寧子薰才看到桌上留下一堆香荷包、手帕、汗巾。

寧子薰問：「這些是什麼？」

「診金。」七王爺淡淡的說，「麻煩妳幫我裝進西屋那個梨花櫃裡。」

寧子薰捧著一堆香噴噴的東西走進西屋，剛一打開櫃子，嘩啦一聲湧出小山那麼高的東西，把她差點埋在裡面。原來七王爺收的診金都這麼多了……咦，怎麼還有鞋？明顯還是女人穿的。

好不容易把七王爺的「診金」裝回櫃子，寧子薰才回到院中。

七王爺正在調一碗奇怪的東西，黑糊糊的，看上去挺噁心。見寧子薰回來，他瞇著眼把那碗黑糊糊的東西遞了過來，說：「喝藥。我昨晚想了一夜才想到的配方，有什麼反應記得告訴我。」

寧子薰自從吸食靈氣後已經很久都不餓了，也不會有嗜血的衝動，而且速度和感觀都比最開始有了很大的提高，不吃東西，身體也不會散發腐臭的味道，且不怕日光，更不會長屍斑。她聽小瑜說，這就是這個世界殭屍的修煉法門。

不過，既然七王爺讓她試藥，她覺得無所謂，反正吃了也不會有什麼作用。她接過碗一飲而盡，再苦也沒關係，反正她沒有味覺。

七王爺的目光像是看籠子中的小白鼠，不過這點兒藥寧子薰才不在乎呢，她悠閒的坐在胡床上發呆。

這時，那隻大胖貓的身影出現了。

寧子薰高興的跳起來跑過去，一把抱住胖貓，說：「阿喵！」

「喵～」胖貓瞇起眼睛，翹起鬍子，應該是高興的表情。

「我想你了。」寧子薰蹭了蹭牠的胖臉。

身為智慧型殭屍，以前她不是沒想過養隻寵物，可是感染病毒變成殭屍的犬類和貓類十分稀少，就算養了也活不過一天，因為立即就被她小隊裡那幾隻大胃王偷偷摸走了，所以這個願望一直未能實現。

「你想我嗎？」

「喵～」(^-^)

「下次帶兔肉乾給你。」

「喵～」(¯ ╗¯)

「你好像又胖了？」

「嗚！」(ˋ o ˊ)

七王爺扶額：這兩個傢伙竟然能溝通，看來同等智商的才有共同語言……

喵爺開始在寧子薰腳下的草地上翻滾，寧子薰這時才想起重要的任務。她說：「七王爺你還沒告訴我怎麼才能吸引淳安王的注意呢！」

七王爺淡淡的抬了抬眉，指著阿喵說：「學牠。」

寧子薰側頭，一臉迷惑……表示不懂。

七王爺故作神秘的說：「妳不知道吧？我六哥喜歡像貓一樣的女人！回去好好揣摩一下

阿喵，以後見到六哥就像貓咪一樣可愛，我保證他馬上繳械投降！」

「貓……一樣的女人？！」寧子薰看著阿喵圓滾滾的白肚皮，陷入了沉思。

等到寧子薰回到斑淚館卻發現小瑜失蹤了。院子裡晾著潔白的褻衣和被單，寧子薰揪起被子嗅了一下，很肯定的點點頭，早上那股淡淡的腥味沒有了。其實……她早就聞出來了。

◎※※※◎※※※◎※※※◎

小瑜沮喪的坐在凸起的石崖上，憑山風把他的衣袖吹起吹落，他就像要和石頭一起化成雕像般一動不動。

師父玄隱子走過來拍拍他的肩，說：「傻孩子，修道之人清心寡欲，對一件事或一個人太過執著就會在意，在意就會生留戀之心，有留戀之心就會放不下，放不下就會看不開，這是修道者的大忌！你把她當成人來看待，有了感情就難免會用感情來處理事情。就算她再像人類，可她畢竟是殭屍，若是有一天她發了狂性攻擊人類，你欲將何為？」

小瑜痛苦的閉上眼睛，緊緊握住拳頭，再睜開時，目光已漸漸化為堅韌。他說：「師父，徒兒知道該怎麼做了！就算她再珍貴，如果攻擊人類，我都會毫不遲疑的……消滅她！」

玄隱子點點頭，微笑道：「只要你不把她當成人類，為師相信你能控制好自己的情緒。」

「那……」小瑜動了動身子，面色尷尬的問，「師父，徒兒的童子身……」

「咳咳！」玄隱子背過身，「你的童子身還在，只要不和女人上床，就還是童子身！」

「啊？原來是這樣啊！」小瑜站起，立刻有了精神，「師父你幹嘛不早說！害我還以為……算了，回去了！我不在，那傢伙說不定會做什麼蠢事呢。」他拍拍屁股跑掉了。

這次玄隱子沒有中氣十足的開罵，只是默默的看著小瑜的身影消失在莽莽林間。他知道，就算他再怎麼阻止，該發生的還是會發生。只有經歷過，才能看破紅塵，做到真正的放下……

小瑜回到斑淚館，卻見到寧子薰正對著鏡子跟自己的頭髮較勁。本來柔順烏黑的長髮卻被她打成死結和木梳纏在一起，她用力拉扯，結果卻越纏越緊。小瑜皺起眉頭，走過去搶過木梳，輕輕的把纏在木齒上的青絲解開，把結成團的地方梳理得平齊光滑。

寧子薰對著鏡子裡的小瑜傻笑道：「沒有你，我連頭都不會梳……」

「妳不能永遠指望著我。」小瑜垂下眸子，表情是寧子薰從未見過的陌生和疏離，「該完成的任務要完成，從現在開始，我們好好配合，一定要探聽出兵符的下落！」

寧子薰側頭，眼中習慣的呈現出迷惑的表情。

小瑜拉了一下她的頭髮，說：「坐好，不要側頭！」

「你還在生氣？」寧子薰也有些憤怒，人類生氣怎麼可以沒有原因、沒有動機、還沒完沒了？她問：「早上我聞到了，你被子裡有股腥味！身體有病要看，不要對我發脾氣！」

提起這件事，小瑜就像被燙了一下，手中的木梳喀嚓一聲折成兩截。他冷冷的盯著寧子薰說：「看來妳忘記了一件重要的事情——妳不過是個殭屍，而我是負責消滅你們的道士！妳以為妳是我的朋友嗎？可以如此對我說話？以後只要執行我的命令就好了！」

說完，他轉身走了出去，只留下寧子薰呆呆的坐在那裡。

是啊，她只是個殭屍，不理解人類的反常行為。他是她來到這個世界上第一個想依賴、想相信的人類。她還以為他能教她好好的融入這個世界，她還以為他跟其他人類不同，不會憎惡她的殭屍身分。結果……原來人類無論是古代還是末世，都不能接受不同物種的存在，尤其是殭屍。

他說得沒錯，他們只是合作關係，等到任務結束，說不定他還想殺了她呢！是她「自作多情」了……

寧子薰嘆了口氣，她發現原來四個字的詞真的很好用，尤其是不知該怎麼表達心情時。

◎※※※◎※※※◎※※※◎

第二天，雲王妃特意命寧子薰去集熙殿，說是提前替大家裁製秋天的衣服，要她過去商量。其實是聽說了消息，卻見她遲遲沒有動作，心中著急，特意為她和月嫵製造機會碰面！

寧子薰默默坐在妝鏡前，自從昨天小瑜跟她鬧翻了，兩人就一直無話。小瑜靜靜的為她梳理著長髮，斷掉的木梳是用薄銅絲捆綁好的。

就像這把斷了的木梳，一旦有了裂紋，就再也不能恢復到最初的模樣了吧？

小瑜其實一夜未睡，像是跟自己較勁，他費了一晚的時間把木梳纏牢。他都不知道自己這是怎麼了，他把事實說出來不是很好嗎？怎麼會心裡更難受了？以至於一夜都睡不著。

「今天會見到月嫵，所以妳要打扮得出色些。」小瑜掩下心中的波動，平靜的說。

「嗯。」寧子薰依然沒什麼表情，於是兩人又陷入了沉寂中。

小瑜在寧家沒白跟梳頭嬤嬤學習，很快就幫她梳了個垂雲髻，兩邊插上兩對琥珀西番蓮翹簪，鬢邊有一朵手掌大的點翠捲荷，上面的露珠都是用大小不同的珍珠鑲嵌的，走起路來一顫一顫的，顯得格外靈動。

小瑜覺得還不夠華美，又雜七雜八的為寧子薰戴了一大堆頭飾，反正務求光華奪目，吸引人的注意！

侯府給寧子薰陪嫁的嫁妝別致精巧，因為嚴氏夫人自己就有一間首飾鋪子，養著三、四個波斯工匠專門打造各種頭面、首飾用品，在京城的貴婦圈子滿有名氣的，所以給女兒的陪嫁自然更要新穎別致、貴重雍容。

戴好首飾，換上一身鵝黃色琵琶對襟紗襖，下面穿翡翠撒花洋縐紗裙子。小瑜撫著下巴審視半天，覺得夠華麗了……起碼在他眼中，這已是最佳造型了。

頂著一腦袋頭飾，寧子薰和小瑜向集熙殿而去，一路上倒是吸引了不少注目。

因為她們的路途最遠，到集熙殿時，月嫵已經喝完一盞茶了。

雲王妃依舊是一衣霓裳，這種緋麗的顏色穿在她身上卻不顯得俗豔，看上去只覺嫵媚嬌豔。而一邊的月嫵則一身雲霞輕紗，青絲用羊脂玉簪綰起，不施粉黛卻顏如朝霞映雪，就如一顆明珠散發著柔美的光澤，任何裝飾對她來講都是多餘的。

小瑜偷偷看了一眼寧子薰，頓覺慘不忍睹！在真正的美女面前，只能算清秀可人的寧子薰現在完全就是惡俗的代表。

連雲王妃的臉色都不怎麼好看……她真是昏了頭，怎麼指望一個傻子能鬥贏月嫵？於是她語氣也不怎麼好了，「寧姨娘真是難請啊，我和側妃都已等候多時了。」

「對不起，路遠。」寧子薰這回沒辦法側頭了，因為頭上多了十多斤重的東西。

還知道用住得偏僻來堵她的嘴，看來不傻啊！而且……雲王妃看她炫富般的一腦袋釵梳已然不悅了。難怪鬥香時不收彩頭，是在顯示公侯小姐的家底比她豐饒嗎？

雲王妃挑眉說：「京城天衣繡坊的繡工不錯，不過聽說最近從虞國來的纖繡閣帶來些稀有南方繡綿，前日連太后都訂了兩匹，妳們說選誰家呢？」

「姐姐作主就好。」月嫵螓首低垂，眼中只有那沉沉浮浮的碧綠茶葉。

雲王妃看向寧子薰，寧子薰想了想，說：「天衣繡坊。」

雲王妃明眸微詫，問道：「為何？」

「支持本國民族產業。」寧子薰面無表情的說。

人類女性就是這樣，總覺得離得遠的就好，什麼愛馬世、哎哦喂，到了末世還不都是生產緊急用品包裝的？

雲王妃很沒形象的翻了個白眼，簡直都不知說什麼好了！說她傻吧，她又經常說些堵人的話；說她不傻吧，她又呆得理所當然。

雲王妃對侍立一旁的太監說：「去派人告訴天衣繡坊，明日送衣料樣子來王府供我們挑選。」

小太監應聲而退。又閒聊了幾句，雲王妃就打發她們離開了。

雲王妃自然不會問她們關於競爭的事情，她只負責替她們倆製造機會見面，至於鬧出什麼事……就算王爺在家，她也可以把自己置身事外。

剛走出門口，月嫵突然停住腳步，跟在後方的寧子薰差點撞上。

只見那娉婷嬝娜的身影輕輕轉身，如秋水般清澈的眸子在她臉上梭巡片刻，嫣然一笑帶出兩個迷人的梨渦，「聽說妳想跟我爭側妃之位？」

終於……開始了！眾人的眼睛比探照燈還亮，刷刷射了過來。

「呃……其實，不是這樣的……」寧子薰有限的腦容量在組織詞語形容。

月嫵打斷她道：「除了品香，妳認為妳哪點可以與我爭持？琴棋書畫？女紅針黹？吟詩作對？甚至……武功兵刃妳可能也不是我的對手！」

原來月嫵還會古武？在末世，她也曾聽說過會這種古老武技的人類，他們的攻擊速度奇快，憑藉冷兵器可以悄無聲息的消滅一個小隊的智慧型殭屍戰士。他們戰鬥時沒有激烈的槍炮聲，只要無線電波一斷，誰都無法知道小隊出了什麼事情。對付這種暗殺型人類戰士，殭屍部隊的長官們還是很頭疼的，幸好會古武的人類數量不是很多，只能用於奇襲和暗殺。

聽到月嫵會這種技能，哪怕對著月嫵投來的蔑視敵意的目光，寧子薰也沒出息的冒出了星星眼，「妳……好厲害，可以表演給我看嗎？」

月嫵臉色不太好。她忽然明白，跟一個傻子辯論本身就是把自己拉到傻子的水準線上！

「妳跟我來！」月嫵步履匆匆。

她們一行人逶迤來到秋高望月亭，這個亭子是建在一處嶙峋假山之上，從這裡可以鳥瞰半院山水。月嫵遣其他人下山去，只有她們兩人在亭中。

孤山之上，可遠見卻不可聞其聲。

這時月嫵才開口道：「看來妳不是假傻，是真傻！幹嘛不順著我的意思爭論下去？雲初晴就是想看到妳我反目，這樣她才能安心。我看得出來妳是個甘守平靜的人，那些謠言是雲王妃故意捏造的。」

寧子薰低頭，分析她話中的含意：第一，她似乎對自己沒敵意；第二，她的意思好像是要自己配合她演戲給雲王妃看。

「對不起，那些謠言是真的！我們……可能做不成盟友。我不想要妳的位置，我想要王爺……」的兵符。後面這三個字，寧子薰硬生生的嚥了下去。

月嫵一愣，隨即勾起一抹淺笑，明豔動人，「那就對不住了，我不能把王爺讓給任何人！除非……找到比我更優秀、更忠心，為了王爺能毫不猶豫的獻出生命，永遠把王爺放在第一位、把自己放在第二位的人。只要王爺一聲命令，哪怕前面是刀山火海也會衝上去！」

「這……不是妻子，而是死士吧？」寧子薰彷彿看到月嫵長出了一對尖耳朵和毛茸茸的尾巴。

此女忠犬屬性，寧子薰替她做了標注。

月嫵輕聲嗤笑：「王爺絕不會在身邊留無用之人，無論是雲初晴還是我，甚至是妳！告訴妳一個秘密……」

她突然解開衣襟，露出白皙如雪的胸部，只見胸口有一道長長的疤痕，就在心臟的位置。

寧子薰瞳孔緊縮，如果刀再深一點，只怕她就不能站在這裡和自己聊天了！

「我在青樓是替王爺做收集情報的工作，這傷痕就是為了保護王爺而留下的。我的父親、我的哥哥都是保護皇家的暗衛，從小家族就教育我們：生命不屬於自己，只屬於主人。我的哥哥為了保護王爺而死，我也因為受重傷不能再留在青樓，我的家族目前只剩下我一個人，所以王爺把我娶進王府，現在我負責王府的內衛安全工作。」月嫵很平靜而簡潔的講述她的故事，平靜得不起一絲漣漪，聽不出任何悲傷。

寧子薰問：「妳為什麼告訴我這些？」

月嫵用手指捲著自己的青絲，就像逗弄一條靈巧的小蛇，「妳和七王爺走得這麼近，早晚他也會告訴妳的，還不如我自己說。他說得對，其實我和王爺只是暗衛與主子之間的關係，不過就算這樣，妳也沒辦法超過我。妳的敵人可不只我，想要在王府活下去，妳還是安分點較好！」

——這一招叫「不戰而屈人之兵」？

最近寧子薰迷上了兵法，她從七王爺那裡借了兩本整天捧著看，也就忘記要去藏書閣的事了。

月嫵和淳安王的關係是用生命和忠誠鏈結的牢不可破的紐帶，她說的對，就算他們無夫妻之實，寧子薰知道自己也無法超越這層關係。月嫵只是講述事實就已經讓寧子薰有挫敗感了，她覺得自己真的沒有任何優勢去競爭。

不過她沒有退路，自由的前路上滿是荊棘，哪怕赤著腳她也要踩出一條血路！

她輕輕的「哦」了一聲，說：「謝謝妳真誠的忠告，不過我還是要試一下。」

月嫵從容不迫的表情突然龜裂出一道細紋，心道：傻子果然就是傻子，不撞南牆不回頭！

她本來想把這件小事熄滅在萌芽中，結果沒想到寧子薰真的是要「騷擾」王爺。這傻子大概不知道王爺會如何對待企圖勾引他的女人吧？

若不是因為南虞有異動，朝廷可能需要武英侯出兵，不能在這個時候讓王爺得罪武英侯，她才懶得管這個傻子，就讓王爺把她那張本來就不漂亮的臉劃花才好！

「月側妃，我沒辦法破壞妳與王爺之間建立的紐帶，但我可以建立一條新的紐帶，在我和王爺之間！」寧子薰站起來，向月嫵施了個禮，轉身離去。

高處的確風大，吹得月嫵衣袂飄飄，她的侍女都仰著頭呆呆的看著她……

月嫵十分不悅，難道她們都被寧子薰傳染了傻氣不成？

這時，坐著木輪椅的七王爺被侍女推著出來散步，他遙遙的看到了月嫵，衝她眨眨眼，指了指胸前。月嫵低頭，發現剛才只顧說話竟然忘記繫好衣服，胸前春光外洩了。

——該死的，跟傻子在一起果然會傳染！

月嫵忙轉過身，臉上如火燒一般。

◎※※※◎※※※◎※※※◎

隔天，天衣繡坊的老闆綠娘領著幾位女裁縫來到王府。當然，她們最先到集熙殿請王妃挑選花色布匹，然後剩下的由王妃指定幾款給側妃和妾侍。

裁縫們為王妃量好尺寸，又分別來到幻月閣和斑淚館送花樣和量尺寸。走了好久才走到被竹林環抱的斑淚館，兩個繡娘沿著青石小徑向掩映在翠竹中的小院走去，一路上難免悄聲抱怨幾句，伺候王妃的現在都坐在玉色簟席上飲著冰鎮酸梅湯解暑，她們卻要步行跋涉這麼遠來替那個沒時運的妾侍量尺寸，看這住的地方，估計打賞什麼的都不會太豐厚……

正在這時，突然從竹林裡竄出一隻小山豬，從眼前飛快的躍過小徑消失在茂密的林叢中。

別說她們倆，連領路的侍女都驚呆了，揉了揉眼睛，笑得有幾分勉強：「想……想是後廚的豬仔跑了都不知道。」

兩個繡娘也乾笑著點頭。再走了幾步，半空中又飛過幾隻色彩斑斕的大錦雞，不遠的前方，一隻花鵪鶉領著一群幼崽唧唧叫著漫步而過……短短的幾十公尺小路，竟然遇到這麼多野獸山禽，希望不會再蹦出什麼老虎之類的猛獸。

斑淚館什麼時候改為獵場了？領路的侍女擦了擦額頭上的汗，好像再解釋什麼都太過牽強了吧？

終於到了院門前，侍女敲門說是王妃派人來替姨娘量衣服的。

大門吱呀一聲打開，只見穿著夏布涼衫的樸素女子對她們點了點頭，說：「進來吧。」

繡娘們看她烏黑的長髮隨便挽著，沒有一件飾物，一身苧麻衣服看上倒清涼只是太素氣，在眾芳鬥豔的高宅內院上了年紀的婦人才會穿。只有手上那對翠玉鐲子像貼在皓腕上的一汪碧水，看起來還值些銀子。

繡娘們每日接觸的便是這些高門大戶，難免會「只認衣裳不認人」，把這不太起眼的姑娘當成王府三等使喚侍女。

「煩姐姐通傳一聲，請姨娘出來，我們要為她量尺寸。」其中一位繡娘賠笑說道。

「呃，我就是。」

那個女子回過頭，呆呆的看了她們一眼。

——難怪不受寵，長相一般也就算了，竟然連修飾都不會，被甩在這個地方生蘑菇也是活該！

繡娘尷尬的微笑，忙屈膝賠禮：「哎呀，小人眼拙，請姨娘恕罪。」

「沒什麼，量吧。」寧子薰雙手伸平，一點脾氣都沒有。

繡娘們忙替她量尺寸，一量下來她們倒有幾分驚訝，沒想到這個長相一般的姨娘身材倒是沒得說，雙腿修長、脖頸優美、胸部渾圓、身姿婀娜，是真正的黃金比例！

不過按品級，側妃尚且沒什麼可選的顏色和花樣，輪到這位，也就是些水粉、天藍，花樣只比侍女們稍微複雜一點，可惜了這麼出挑的身材！

這時，真正的侍女才出場。小瑜走出來對領路的侍女說：「姐姐辛苦了，我剛做好冰鎮銀耳湯，姐姐進來喝一碗解解暑氣，順便幫我端出來給兩位裁縫。」

那侍女正走得口乾舌燥，聽說有冰鎮銀耳湯，自然要去喝的。

見那侍女走了，寧子薰悄悄遞過去一大錠銀子給正在記錄尺寸的繡娘。繡娘會意，明白內宅為了爭寵什麼事做不出來？她忙低聲問道：「姨娘想做什麼新式樣的衣服，可以告訴小人。」

寧子薰遞過一張紙，也壓低了聲音說：「照上面的做就行了。」

「小人省得了。」繡娘忙把紙收到袖子裡。

這時，領路的侍女已經端著銀耳湯走了出來，給兩位繡娘一人一盞。小瑜端過小杌子，她們就坐在小院中陰涼的竹林下喝著。

天衣繡坊在京城頗有名望，許多王公貴胄都在那裡訂製，一般接活兒自然要拖上一拖。當然，這拖也要看對方是誰，對於權勢熏天的攝政王府女眷們訂製的秋衣卻不敢怠慢，繡工裁剪務要選最上乘的工匠，時間也非常趕，可就算這樣，精緻的工序也要半個月才能完成。

寧子薰聽說要這麼久，便偷偷叫小瑜溜出去到天衣繡坊找那兩個繡娘，要她們提前趕製姨娘特別訂的東西。

那兩個繡娘用看怪物似的表情看小瑜，悄悄問道：「聽說寧姨娘腦袋……有點問題，這東西做出來不會真的要穿吧？」

小瑜瞬間黑臉，瞇著眼睛說：「不管是什麼，她需要的妳就做！我明天來收貨，聽到沒有！」

「是……」兩個繡娘只得連夜趕工，把寧姨娘要的東西做好，包在小布包裡，第二天交給小瑜帶回去。

小瑜甚至都沒有打開過布包，他覺得寧子薰無論做什麼衣服穿都不能吸引王爺的視線。這個冷血的男人面對月嫵那樣的女子都不動心，何況是她這個呆頭呆腦的殭屍？除了側頭、迷惘、呆呆的看著人，她還有其他表情嗎？

他只是不忍心告訴她，她注定會失敗。至於找兵符，只能靠他自己了！

小瑜回到斑淚館，面無表情的把包袱遞給寧子薰。看上去這個笨殭屍又忘記他們在「冷戰」，一見到他就高興的撲上來熊抱他，然後看到他一擰眉頭才意識到什麼，訕訕的把手臂收回，說：「謝謝你。」

小瑜想了想，還是開口道：「妳……千萬別做什麼過分的事情，淳安王是什麼人妳清楚，受責罰是小，別暴露自己的身分。」

寧子薰似乎根本沒聽進去，擺擺手說：「知道啦，我要試衣服，不許偷看！」

小瑜臉色一變，轉身邁步出門，「砰」的一聲在外面把門關死。

幹嘛……又生氣？寧子薰扁扁嘴，他還真是喜怒無常。

當然，最近寧子薰不怎麼說「人類」如何如何了，因為接觸到更多的人，她才發現小瑜的壞脾氣似乎只是針對她，面對別人他倒是格外討喜，他果然歧視殭屍！

寧子薰覺得殭屍比人類更容易滿足。殭屍百分之八十的欲望來自對血食的執著，另外百分之二十是安全；而人類得到了食物、安全，卻還有更多更多的欲望，所以才會把這個世界破壞殆盡。

殭屍界傑出的偉大科學家薩迪姆・愛因斯坦・科倫，他發明出替代人類的食品——複製型自生鮮肉。比人類和動物活體含有更多的營養和活細胞，可以提供殭屍所需求的各種營養，所以殭屍們也不用成天圍獵人類而遭到人類毀滅性打擊，那是一段人類與殭屍和平相處的寶貴時光。再後來，因為智慧型殭屍提出要求人類承認殭屍的合法地位，不准許人類隨便消滅智慧型殭屍，卻遭到人類拒絕，所以全世界又掀起了一場曠日持久的大戰，為了爭奪土地、資源和權力……

作為戰士的洛菲在「覺醒」並擁有智慧的那天起，便被無償徵用為殭屍戰士，為了殭屍的合法地位而戰。其實在軍校學得更多的只是如何對付人類而不是了解人類，她一直被灌輸這樣的想法：殭屍其實是人類在感染了某種宇宙未知細菌之下所產生變異的新生品種，只要擁有智慧便都是高等生物，人類卻以低等殭屍吃人為由，拒絕承認智慧殭屍的合法地位並企圖消滅全體屍族，所以只要是擁有智慧的殭屍都要拿起武器來保護自己和族人。

那時的她還以為殭屍才是最正義的，直到後來她上了戰場，穿行於亞歐大陸，看到許多野生的殭屍在啃食人類，她說不出是什麼心情。原來智慧型殭屍只是一部分，更多的則是這種沒有思想只有食欲的同類。她開始覺得全球智慧殭屍聯盟對他們這些普通士兵隱瞞了許多實情，或許人類……也不完全是錯的。

正是這種迷茫和不確定，使她在戰場上經常「放水」。而倒楣的她也因此付出了慘痛的代價——穿越到這個世界。

在這個世界，人類才是主宰，才是一切。而殭屍……不過是邪惡的存在。

她本來還想好好學習，適應人類社會。不管怎樣，殭屍也有自己的優勢嘛，比如力氣較大，不容易生病或感染其他人類容易感染的病毒，受傷時更容易復原，這麼優秀的品質怎麼也能混得不錯吧？

結果，她發現從根本上來說，如果別人知道自己的殭屍身分，下場只有兩種可能：一是馬上尖叫逃跑，二是馬上叫人把她打跑。

她曾試探性的問過去七王爺那裡「看病」的侍女們，如果遇到殭屍會怎麼樣。結果大家都一致表示那種玩意兒只有在深山古墓裡才會出現，如果看到，會立刻聯繫茅山術士之類的以便馬上消滅。

看來他們這行比老鼠還惹人討厭，屬於立刻被消除的範圍。所以寧子薰覺得像小瑜和雜毛老道這樣能面對她的人類，其實已經是很仁慈了，因此她在生了一天的氣後，馬上就原諒了小瑜的無禮。

不管怎麼樣，是選擇繼續生存在人類社會，還是以後找個這個時代殭屍通常選擇的「古墓」過純天然的綠色生活，眼前要解決的難題都是淳安王！

她脫下衣服，穿上這身行頭，對著鏡子照了照，覺得自己比小喵可愛多了，她一定會成功的！

My Zombie Princess

第8章

喵～貓娘駕到

淳安王突然回府，卻沒有跟任何人打招呼，身邊只帶著幾個貼身暗衛。回到王府時已經是深夜了，他直接來到月嫵的幻月閣，一路風塵僕僕，看得出來他心情不好，俊美的臉上似掛了層冰寒，冷得讓人難以接近。

月嫵忙叫人準備熱水，淳安王沐浴過後披著一件雪青色樗蒲錦袍，露出月白色褻衣的襟領，烏黑如墨的長髮還滴著水珠。他坐在一個香樟樹根雕成的須彌座上，合著雙目，似乎睡著了。

月嫵接過侍女手中的毛巾，輕輕的幫他拭乾頭髮。燈光下，他那長長的睫毛剪出一片陰霾，英挺的劍眉微微聚攏，似乎有著無限的煩惱，她幾乎忍不住想要用手去撫平他的眉頭，他肩頭的擔子其實在太重了……

自從先帝駕崩，所有的壓力都壓在他身上，不但要解決忙不完的政事，還要彈壓那些反對他的人。他雖然行事手段冷酷，可對於這樣危機四伏的國家，卻是必要的！只有保證權力的絕對性，才能保證國家不會出現動盪。

她情不自禁的伸出手，指尖還未觸碰到那微涼的皮膚，淳安王突然睜開眼睛。月嫵一驚，那雙寒冰般的眸子中映出一個小小的她，從淳安王的瞳孔中，她看到自己痴迷的表情。

淳安王冷冷的說：「本王不喜歡睡覺時有人突然靠近。」

「對不起……王爺。」

月嫵忙起身站在一旁，紅霞漫過精緻的面孔。她嬌羞的樣子足以讓任何男人心軟，唯獨眼前這個，他根本沒有多看她一眼！

這麼多年來，她一直跟在他身邊，卻從未看清過他的心。她一直很努力、很努力的接近，每當她以為自己又進了一步，卻總是被他又了無痕跡的拉開一道不可逾越的距離……是她妄想了，她不過是他的暗衛，身分低微。

從十歲那年起，當她第一次見到他，就深深喜歡上了自己的主人。這份卑微的感情在她的心中醞釀了十年，無論他要她做什麼，她都不會有一絲猶豫，即使……是去青樓！

雖然他一直保護著她，沒有讓她出賣身體換取情報，可她還是要接觸到形形色色的男人，接觸得多了，她也越加麻木，封閉的心靈中只能容下一人。明知道他只是用她來做擋箭牌，不接受先帝的選妃賜婚，當著其他人的面做戲時，他對她展現出絕無僅有的溫柔，他拉著她的手在眾人豔羨的目光中款款而行……哪怕只是做戲，她也甘之如飴。

她以為自己對淳安王的這份情感只能默默埋藏於心，直到生命結束，沒想到一場意外的刺殺卻改變了一切！

那時先帝剛剛駕崩，政局不定，剛剛接過權力攝政的淳安王與先帝同時立下的輔政大臣姚閣老，在政見上產生了巨大的分歧。

姚閣老門生眾多，而且許多地方官員也是他一手提拔的。不過年紀越大，行事越加保守，他堅決反對淳安王推行的新政，並且阻撓對製造武器的軍仗局投入更多銀兩，以打造更多的火器武裝大齊軍隊。

淳安王是個強硬的人，而姚閣老是個守舊的人，兩人又都是倔強的性子，意見不合使得矛盾越來越激化，最後姚閣老門生們竟然用過激的手段——刺殺淳安王！

他們派來的殺手是江湖上數一數二的頂尖高手，在那個暴風驟雨的夜晚，是大哥捨命保護她和淳安王，大哥用生命證明了月家人的忠誠。

淳安王對大哥的感情很深厚，大哥從淳安王出生就開始保護他，大哥的死讓淳安王下定了決心剷除姚閣老！他以雷霆速度，在遇刺的半個時辰內集中京城兵力和府衛軍隊包圍了姚閣老府，他們等來的不是政敵遇刺身亡的消息，而是瘋狂的報復！

淳安王把姚閣老及策劃者的家屬三百多口全部斬殺，並將其門生及被提拔在任的官員全部罷黜免職。那天的午門前，鮮血染紅了青石臺基，他用敵人的頭顱祭奠了大哥和為保護他們而犧牲的人。

雖然被人罵成冷血屠夫，雖然聲名狼藉，可權力卻實實在在握在了淳安王手中，他……現在已成了名副其實的攝政王！

即便不知他下一步會如何，但她都會步步緊隨，哪怕……他要奪取這天下！

因為大哥的犧牲，淳安王突然決定娶她，還說不能讓她再從事危險的工作。這是她不敢奢求的夢，如今卻成了真，可她卻不覺得幸福……

那些別人眼中的萬千寵愛在一身，不過是鏡花水月，她依然只是暗衛。他也從未用男人看女人的目光來看她……她明白，自己不能再奢求。如果就這樣靜靜的看著他一輩子……那就足夠了！

淳安王開口問道：「這段時間王府可有什麼異動？」

月嫵想了想，回道：「照您的吩咐，斑淚館依然『放水養魚』，不安排人看守。至於雲初晴，最近表現平常，跟著出門應酬的人回來彙報沒有異樣，只是在延平郡王婚禮上與雲相夫人密談過，然後就開了品香會……」

她把品香會的人員向淳安王彙報。

淳安王眉頭一挑，笑意在脣邊蔓延，似乎想到了什麼開心事。他抬起頭對月嫵道：「把馬長安叫來！」

月嫵疑惑的看了一眼淳安王，躬身退出。

不一時，一個五十歲上下的老太監走了進來，他長著一張長臉，表情看起來無比嚴肅。

這位馬公公曾是淳安王的母妃李娘娘的得力手下，李妃去世前把他安排在淳安王身邊，雖然跟隨淳安王的時間不長，可淳安王卻十分信任他，有很多事情都放心交給他辦。

「王爺一路辛苦，深夜叫老奴來有何吩咐？」他向淳安王施禮問候。

淳安王擺擺手，說：「不必多禮，你安排宮中的眼線好好查查最近雲相和雲夫人入宮的次數及接觸的人。」

馬公公擰著眉頭說道：「依老奴的意思，雲赫揚這樣的人還留著做什麼？弄不好會壞了大事，乾脆把他除掉算了！」

淳安王手托著腮冷笑道：「獵犬自然有牠的好處，嗅覺靈敏，又善於發現和追擊獵物。如果沒了獵犬，那獵手們豈不是要親自去追趕野獸？」

馬公公微微一笑便不再多言，該提醒的點到為止，淳安王心中有數。如果說這天下是一座山，那麼淳安王就是最好的獵手，陷阱、黏竿、獸夾、毒箭……他的手段足以對付任何狡詐的獵物，只要是他想捕捉到的獵物，都不會落空！

又說了些要務，馬公公告退：「一路奔波辛苦了，王爺還是早點休息吧。」

淳安王點點頭，看了一眼侍立一邊的月嫵，說：「妳也下去吧。」

馬公公頓了一下，並沒有馬上退出，而是等月嫵出去，才嘆息著說：「王爺也該留個子嗣了！當初娘娘仙逝就很遺憾未能看到王爺成親。雖然月嫵出身不好，可也是王爺的人，您總不能一直這樣……」會憋出病的！

馬公公露出很是擔憂、又帶點「曖昧」的眼神。

那種眼神就是傻子也看出意思來了……

淳安王被看得渾身不自在，咳了一聲道：「本王知道了，你先退下吧。」

馬公公一憂慮，那張本來就長的臉拉得更長了。他實在不明白，像月嫵那樣的美人在側，王爺怎麼一點都不動心呢？難道……難道王爺他喜歡男人？！

——嗚嗚……不行啊王爺，如果您一直「彎」下去，到了地下有何面目去見把您託付給老奴的李娘娘？一定……一定要想辦法把王爺掰直了！

殿中蠟光幽暗，淳安王挽起衣袖，看著腕管上那抹黑氣沿著動脈逐漸向上延伸，他不禁狠狠握住拳頭！

◎※※※◎※※※◎※※※◎

第二天，全王府才得知王爺回來了。不過，他深夜回府沒跟雲王妃打聲招呼就在月側妃那裡留宿，還是讓雲王妃面上無光。眾人也私下議論：看來淳安王真正寵愛的只有月側妃一人呀！

雲王妃只得裝作不在意，把敵對的注意力又都轉移到月嫵身上。而寧子薰聽到王爺回來的消息也很興奮，她終於可以「施展」她的大計畫了！追擊淳安王的行動開始！

她在這裡摩拳擦掌，小瑜卻根本不當回事。因為師父告訴他一個重要的消息，立秋祀白帝蓐收之後，皇帝便會與淳安王帶領眾武將到京郊秋狄會獵，可能好幾天都不能回來，麟趾殿的防衛力量大部分會前去保護淳安王，守殿人手空虛，他就可以趁虛而入了，到時便能夜探麟趾殿，搜尋兵符的下落！

隔天，寧子薰披上斗篷開始四處堵截淳安王。不過淳安王身邊的護衛們實在太盡職盡責了，她看到淳安王一身黑袍從眼前閃過，剛想上前去就被那個絡腮鬍子攔住了。

「對不起寧姨娘，如果王爺不曾召見，任何人都不得靠近王爺五十步以內，否則暗衛則視為威脅王爺安全而對您發動攻擊。為了您和他人的安全，請退後五十步。」

寧子薰長長的嘆了口氣，等淳安王召見她，只怕她這個殭屍都得等到變乾屍！

淳安王不光冷淡還很忙碌，在府中的時間也不是很長，她能遇到的機會真是少之又少。所以，她按著這個時代的規矩，從袖裡掏出一張銀票遞給絡腮鬍子——她的嫁妝還剩下很多這種花花綠綠的白紙，是小瑜告訴她，這紙可以換貴重金屬黃金五十兩之多，而她差點把這種紙當引火用的破紙燒掉。

絡腮鬍子正色拒絕道：「寧姨娘不可這樣，我們是王爺的侍衛，只能聽從王爺的命令。如果王爺想見姨娘自然會召見的，如果不想見您，就算給屬下再多也不行！」

——看來今天是沒機會接近淳安王了！

寧子薰瞪著他問道：「大鬍子，你叫什麼名？」

他皺了下濃眉，心裡尋思：難道寧姨娘還要打擊報復不成？畢竟寧姨娘的爹可是武英侯！不過他只是盡忠職守，就算武英侯來了他也照樣擋駕！

於是他躬身稟道：「屬下侍衛總管薛長貴。」

寧子薰點點頭，說：「你是個好軍人。」

原來是誇獎……薛長貴看了看寧子薰的眼睛，不像在說假話。不過傻子好像也裝不了假吧？他終於放心了，於是笑著拱手道：「多謝寧姨娘謬贊！屬下……屬下冒昧求姨娘一件事。呃……哪怕屬下給姨娘五十兩黃金也成！」

「什麼事啊？」寧子薰驚訝，這大鬍子竟然要「賄賂」她？

薛長貴一臉悲憤，「那個……今年冬天京城冰雕大賽，寧姨娘能不能幫忙雕一個參賽？咱們王府都三年連敗了！簡直是奇恥大辱！」

寧子薰：「……」

無意中多結交了個人類，可是寧子薰還是被一片愁雲慘霧籠罩，因為她依然無法接近淳安王！

直到下午聽說淳安王巡視城防安全離開王府，寧子薰才拖著沉重的步伐來到杏花天。七王爺這裡依然是「百花鬥豔」，寧子薰默默站在一邊等待著，直到七王爺抽空回頭才看到這顆蔫白菜。

遣散了身旁的鶯鶯燕燕，七王爺用他特有的溫柔微笑對寧子薰說：「怎麼了？被六哥拒絕了？」

「唉，如果被拒絕還好了呢，根本見不著王爺！」寧子薰掄了掄膀子，頗有「英雄無用武之地」慨嘆。

「然後呢？妳就放棄了？」七王爺忍住笑，問道。

寧子薰低頭不語，其實她在想：我才沒有放棄呢！如果想用武力解決，只怕淳安王連個渣渣都不剩！不過，為了兵符的下落，我才只好採用「臥虎藏龍」、「深入虎穴」的方法來解決——殭屍寧子薰在亂用成語的大道上無恥狂奔著！

七王爺故意輕咳一聲，說：「其實……我知道一個六哥會單獨去的地方哦！」

寧子薰抬起頭，眼睛閃著光芒，「哪裡哪裡到底是哪裡？」

七王爺壞笑道：「看妳這麼急，我就……偏偏不告訴妳！」

「呃……」寧子薰伸了伸爪，差點習慣性的動用武力，不過想想七王爺這脆弱的小身板，輕輕一捏就碎了……

寧子薰在腦仁裡又過濾了一遍人類遇到這個情況應該怎麼辦的N種方法，最後決定採用常在七王爺這裡的那些鶯鶯燕燕們所用的「撒嬌」法，畢竟她學習觀察了很久，覺得七王爺似乎喜歡女性人類捏著嗓子發出尖尖細細的聲音，還有扭扭捏捏的姿態。

她試著扭了兩下身子，憋著嗓子說：「告～訴～人～家～啦～～～」

這種顫抖的綿羊音顯然刺激到了七王爺，他頓時打起冷戰，還搓起手臂，「求妳，好好說話，我冷！」

咦，難道模仿的不對？寧子薰皺眉說：「你不是喜歡那些女人如此對你講話嗎？『投其所好』，不是你教我的嗎？」

七王爺哭笑不得，說：「傻瓜，不要只看表面，人有時候是要戴面具的，要學習多留一張面具，把真實的自己藏起來，這樣妳才能更安全，明白嗎？」

面具？人類活著還真累啊，還需要兩張臉！寧子薰瞇著眼看七王爺，問道：「你另一張面具呢？藏哪兒了？讓我看看！」

「另一張臉……很可怕的！」七王爺伸出爪子作殭屍狀嚇唬她。

「你學得太不專業了，看我的！」

說著，寧子薰撲了上去，七王爺本想閃開，無奈竹榻就這麼大。可憐的竹榻承受不了寧子薰的衝擊力，瞬間就被壓斷了，寧子薰和七王爺都倒在了地上。

小瑜見寧子薰一早就興沖沖的出門了，直到下午還沒回來，心中難免擔心，只得出來尋找。打聽著王爺似乎出門了，小瑜想寧子薰最大的可能就是去杏花天，於是便尋了來。剛走到門口卻聽見裡面一聲巨響，他忙推開門，只見寧子薰壓在七王爺身上，兩人曖昧的摟在一起。這得用多大的力道啊？竟然把竹榻弄斷了！

「七王爺，你沒事吧？都怪我，不應該撲你。」寧子薰忙爬起來扶七王爺。找不著淳安王就拿七王爺練手了？小瑜心中有一股說不出的氣悶。

「被美人撲是本王的榮幸。」七王爺笑得柔媚，伸出手把寧子薰歪掉的玉簪扶正，眼角的餘光卻看向小瑜。

這……這兩個狗男女，還在那邊打情罵俏！

「打擾兩位了。」小瑜臉色十分不睦，轉身而去。

七王爺撫著下巴若有所思的說：「妳說小瑜是在嫉妒妳，還是嫉妒我呢？」

「他一向都這樣，莫名其妙的就生氣。」寧子薰聳聳肩。

「好了，快點告訴我王爺到底會出現在哪裡？」她終於想到正事還沒辦呢。

七王爺嘆了口氣，說：「在王府西北角有一個獨立的小角門，出了角門就是『懶雲窩』，那裡是六哥休憩的地方，他不准任何人在跟前伺候。牆外面就是兵營，所以沒有設守衛，那裡是妳唯一的機會哦！如果再不成功，我也幫不了妳了！」

「謝謝你，沒有你的幫助，我都不知道該怎麼辦了！如果有機會，希望能報答你。」寧子薰很標準的向七王爺行了個禮。

「會有機會的……」七王爺的脣邊展開一絲笑意。

看著寧子薰離去的背影，七王爺睿景突然憶起幼年回憶……

「咦，好奇怪啊，六皇子的衣物最近總是髒兮兮的，特別是袖子，好像把什麼油膩的食物放在裡面了。」宮女甲說。

宮女乙吃驚道：「妳確定說的是六皇子？不可能吧，把吃的藏在袖子裡，絕對不可能是那個從小就沒笑過的六皇子！」

一直坐在假山後面偷看醫書的睿景，聽到兩個路過的浣衣局宮女談論著六哥。

六哥蒼舒是所有皇子中最聰慧的，只可惜他的性格冷傲，父皇不是很喜歡他，特立獨行的孩子總是不能被別人理解。大概在父皇心目中，只有未來能承繼他江山的大哥和二哥才是最重要的，像六哥這樣的孩子注定不會得到太多關注和疼愛。

而自己呢……睿景不由得冷笑兩聲，他的存在本身就是個錯誤吧？英明偉大的父皇絕對不願承認自己有個殘廢的兒子！

只有李妃娘娘才是睿景心中唯一的溫暖，生了六哥和大哥的李妃娘娘雖然不是他的親娘，可卻是把他撫養長大的人。宮中是最危險的地方，就算是李娘娘這樣優雅又有涵養的女人，為了自己的兒子也要變成一把鋒利的刀劍。

因為她只是父皇的一個妃子，而生了二皇子的皇后總是對她和大哥有著深深的敵對感，深到連他這個在宮裡沒有存在感的人都能覺察到！因為大哥和二哥的年紀相近，又同樣優秀。支持「傳位長子」習俗的大齊，一部分官員和有著強勢外戚的皇后娘家形成了兩股巨大的勢力，父皇也在左右為難著……一場博弈，無論誰贏，輸家都會付出極慘痛的代價。

睿景合上書，疲憊的閉上眼睛。如果讓他許個可以實現的願望，他想……不要出生在這個皇宮中！

這時，他突然聽到六哥的聲音。六哥怎麼會到這種地方來？睿景不禁探頭看了過去。

一身黑衣的小蒼舒渾身是水，好像剛從河裡爬出來。

難得看見一本正經的六哥有如此狼狽的樣子，睿景剛要挪動木輪車出來奚落一番，卻發現他展開衣袖，露出一隻瑟瑟發抖的小貓。

六哥用小手輕輕撫摸小貓說：「不要怕，沒事了。」

睿景呆住了，這還是六哥嗎？看著他那溫柔的動作和溫暖的目光，睿景差點從木輪車上倒下來。

原來那個對誰都冷冰冰的六哥，有顆最最溫柔的心！

當年的美好回憶呀……七王爺睿景把書捧在胸前，微笑著閉上眼睛，輕聲道：「希望有一天，會有人能挖掘到那顆埋藏在冰山下的溫暖的心！」

◎※※※◎※※※◎※※※◎

那個西北角的小門外其實也有守衛，寧子薰不知淳安王到底什麼時候才會來，所以她決定「守株待兔」，後半夜趁守衛換防時，她從旁邊二十多公尺高的圍牆上輕盈跳入，潛伏在懶雲窩等淳安王到來。

黑暗對於殭屍的視力來說，根本沒有任何困難，寧子薰開始打量這個王爺不准許任何人跟進來的「懶雲窩」。這裡跟王府其他精心雕鏤、名家設計的亭臺樓閣比起來，顯得有些「寒酸」，雖然也是宮廷式建築，卻更簡樸厚重，只有院中鬱鬱蔥蔥說不出名字的花草在盛夏夜裡散發出陣陣幽香，生意盎然的生命為這裡帶來了一絲活力。

寧子薰悄悄潛到捲棚歇山之下，確定室內無人，她輕輕掀開湘妃竹門簾溜了進去。

這個房間的裝飾看上去像是女子居住的地方。

臨北窗下設有一湘妃竹榻，上鋪陳著玉簟，在簟席上鋪著茜紅色氈條，再上面才是素色被褥。

高几上擺了一個臉盆大小的白玉捲邊荷葉筆洗，因是取自「小荷才露尖尖角，早有蜻蜓立上頭」的詩句，在那未開的玉雕蓮花上，果然有隻碧綠的蜻蜓作為點睛之筆，格外醒目。主人別具匠心把這巨大的筆洗當成魚缸，幾條朱頂紫羅袍金魚在其中自由自在的游弋。

旁邊擺著竹根雕成的詩筒，青翠欲滴綠得可愛，桌面上一副筆硯，鷓鴣端硯底壓著幾張桃花箋。

榻前只有一個古樸陳舊的小木几，兩張小杌子，上面還擺著個小笸籮，內裡裝著針線和剪刀。寧子薰皺起眉，以她的知識也知道古代都是女子才做針黹，她那個老愛哭的娘親也給她帶了好多女紅用具呢，所以她認得。

寧子薰覺得奇怪，這裡不是王爺自己的地盤嗎？怎麼會有女子的東西在此呢？

她拿起笸籮裡的線看了看，都有些褪色了，好像是放了很久的東西，心中更是疑竇叢生。

西面窗下有一張琴几，上面放著古琴，旁邊有一組藤編的矮櫥，雖然笨重不甚美觀，裡面卻裝著許多書籍，大概用這種通風透氣的箱子裝書才不會生霉蟲蛀吧？而矮櫥裡裝的多半是山水閒憩的文章和名家詩文散集，沒有一本關於政治、戰略、管理這類的書籍。

南面立著八扇畫屏，並不華麗，還有些斑駁失色，後面則放置著熏爐、衣架、盥具、廂奩之類的用具，越看越像女子的住所。

難道淳安王「金屋藏嬌」，在這裡還養著一個女人？

可是仔細翻看又無一件女子的衣物飾品，不像是有人居住的樣子，只空留著這女性化的裝飾風格……實在……她實在猜不出來了！

寧子薰抱著頭蹲在地上，既然猜不出來就不費她那五百立方公分的腦容積了。她換好自備的衣服站在小院中曬月亮，練習吐納。王府的確不如養屍地有豐富的精氣，在這裡吐納只能勉強讓她不餓而已。

好不容易等到天亮，這裡還是悄然無聲，不知那淳安王什麼時候駕到。等呀等呀，寧子薰無聊到快睡著了。作為殭屍，她需要的睡眠不是很多，除非身體受到極大的傷害或瀕臨再次死亡。可是她真的很無聊，陽光照得她昏昏欲睡，她趴在一大叢芭蕉葉下，數爬過的螞蟻，一隻……兩隻……三隻……

時間為下午申時，快成化石的寧子薰終於聽到院門吱呀一聲被推開，她馬上俯伏在綠葉中不敢再動。

葉片下面，只見一雙黑麂皮麒麟紵絲抹口的朝靴從她眼前走了過去。寧子薰確定，只有淳安王一人。只見他走到樹叢間突然站住，寧子薰緊張得握住拳……拜託，她還沒準備好呢，不要被發現！

淳安王伸手把那殘敗發黃的大葉片折了下來繼續向裡走去，寧子薰這才鬆了口氣。房間裡面的東西都按原樣一絲未變的擺放，他應該發現不了有人動過。

淳安王在屋內踱了一會兒，默默的焚上一爐香，把琴搬了出來坐在樹蔭下撫起琴來。樹蔭光影斑駁，琴聲響起把那惱人的蟬鳴聲都遮了過去，琴聲悠揚動聽，如流水般淙淙而過，像是在敘述一段落花流年。

寧子薰從綠葉的縫隙中悄悄窺視，只見淳安王那俊美無儔的面孔卻是她不曾見過的表情，不再是冰冷如霜、面寒如玉，而是籠罩著一層深深的寂寞和脆弱……脆弱？！這個詞似乎不應該是形容這位強大冷血的男人，可是此時，這個詞卻從寧子薰的腦子裡蹦了現來。

這時，一聲貓叫打斷了淳安王的琴聲。只見圍牆深處一個幾乎不為人所注意的貓洞鑽進一個熟悉的肥胖身影。牠費了很大的勁才把自己完全拖進來，一身漂亮油光的玳瑁斑紋在陽光下閃著緞子般的光亮。

竟然是阿喵！

只見喵爺邁著優雅的步子走向冒著冷氣的淳安王，似乎一點都不懼怕。牠抬起胖臉望著淳安王，鬍鬚微顫，然後……牠竟然走到淳安王面前賣萌的用整個身子加尾巴蹭他的腿。

淳安王垂下眸子，眼中的冰冷被隱在幽深的眸子裡，看不出任何表情。他把手緩緩伸進袖子……

——阿喵，有危險啊！快跑！

寧子薰剛要衝出來，卻見淳安王手裡多出的不是武器而是小魚乾。

阿喵歡快的叫著把魚乾叼走，趴在一邊啃了起來。寧子薰這才明白，這傢伙為何會長這麼胖！敢情牠在七王爺那裡吃一頓，然後再到淳安王這裡吃一頓，一天吃雙倍套餐的貪吃鬼怎麼會不胖？

阿喵吃得正歡，淳安王瞇著眼睛輕輕用手指搔過牠那胖得摸不到骨頭的肉脊背時，突然樹叢裡又傳出一聲：「喵～」

淳安王目光一緊，只見樹叢裡又鑽出一隻「貓」。

她頭上戴著兩隻毛茸茸的假貓耳，緊身性感的貓紋裝露出修長的四肢，屁股的位置還垂著一條虎斑紋的長尾巴，玲瓏的曲線和纖細的腰肢都暴露在陽光之下，小小柔荑上卻套著一副貓爪，胖乎乎、圓滾滾的十分可愛。

寧子薰是參照一部在已經毀壞的人類住宅區裡找到的名叫《宅男萌物》的動畫片，裡面有一個叫貓娘的就是如此穿著。因為末世人類與殭屍大戰，許多珍貴的古代資料和影像都被毀滅殆盡，再加上寧子薰只是個普通的殭屍戰士，能看到的人類古代資料十分有限，她找到最遠古的就是這本二十一世紀出產的漫畫了。

想來都是「古代」，審美觀點應該差不多，七王爺說要學習阿喵，她想來想去只想到把自己化裝成貓娘。二十一世紀的古代宅男都能被萌倒，她就不信淳安王會不喜歡！

她趴在地上，學阿喵的樣子蹭淳安王的腿，用記憶中貓娘的口吻抬起頭眨眨眼說：「主淫，貓娘餓了，要吃魚。」

其實她並不知道這是一款超激情的動畫，是二十一世紀琉球國出品。因為片子只有短短兩集，後面的資料都損毀了，她沒有看到，也不知道後面是要被「主淫」調教的。

淳安王簡直不敢相信自己的眼睛，寧姨娘竟然穿這麼暴露的衣服裝成貓企圖勾引他！他緊緊握著拳手，咬牙道：「寧姨娘，妳瘋了嗎？」

看到淳安王的樣子不但不高興，反而要暴怒了，寧子薰知道她就只有這麼一個機會了！於是，她撲了上去，一把抱住淳安王的腰，扭動著身子蹭來蹭去，「主淫，貓娘錯了，不要生貓娘的氣……」

因為淳安王是坐著，寧子薰跪在地上抱著他的腰，她的臉很曖昧的貼近淳安王的某個重要器官，她扭來扭去的過程中就會蹭到他的……

淳安王臉黑如炭，大吼一聲：「寧子薰，妳給本王鬆開手！」

「不要～～～貓娘要跟主淫住在麟趾殿！」寧子薰繼續角色扮演，但終於把要說的話說出來了。

她死命的抱著淳安王的腰，畢竟殭屍的力量很大，淳安王想用力扯開的她手，竟然沒扯開！在掙扎中，寧子薰的嘴碰到了不該碰的某個地方……

淳安王「杯具」了，被一個傻子調戲也就算了，最慘的是他竟然還有了反應。

他很快的冷靜下來，略加思索也猜到是誰暗害他。淳安王不怒反笑，問道：「妳想留在本王身邊，還想住在麟趾殿？」

咦？寧子薰猛地抬起頭盯著淳安王……她沒聽錯吧？原來死纏爛打也可以？

她忙用力點頭。

淳安王挑眉，冷冷說道：「那還不放開本王？」

寧子薰這才鬆開淳安王的小蠻腰，她自然沒注意到淳安王原本挺拔的身姿變得微微前傾，似乎在掩飾什麼。

他深吸一口氣，已恢復了平靜。再回頭看，某個衣著暴露的傻子正歡天喜地的站在懸崖邊等著被踹下去。

微揚的鳳眉凝起一道寒光，他冷森森地說：「去房間裡拿條被子！」

寧子薰雖然不明白，但她很乖的聽從命令，跑到屋子裡去，轉身時那條貓尾巴揚起一道弧線，露出半個翹翹的臀部和修長的玉腿……

淳安王咬牙扭過頭去罵了一聲：「該死的！」

「主淫，被子。」寧子薰抱著被子跑到淳安王跟前獻寶。

淳安王展開被子……俐落的把寧子薰裹成粽子，然後打開院門，叫兩個守衛抬著被捲就這麼招搖過市一路走回麟趾殿，不理會路邊掉了一地眼球的僕從侍女。

My Zombie Princess

第9章

王爺，您重口味了

消息傳到雲初晴那裡，她差點摔倒在地，第一反應是：王爺一定中春藥了！不然怎麼會看上那個傻子？

不過，詳細詢問一路圍觀的群眾之後，得到結論是王爺看上去比平時更冷靜。

雲初晴恨得咬碎銀牙，隨手抓起玉如意摔得粉碎。

像王爺那樣冷傲清高的男人，怎麼可能真的對那個傻子動心？還用被子曖昧的捲著她抬回麟趾殿……一定有什麼內幕！難道王爺與月嫵鬧了什麼彆扭，用這個傻子氣她？或者這個傻子真有什麼奇招吸引了王爺？到底是怎麼回事啊！雲初晴按住了激烈跳動的太陽穴……

月嫵聽到這個消息時正在「繡花」，一枚鋼針牽著銀絲飛了出去，正中對面的牆壁。她輕輕一拉手中的銀絲線，鋼針又飛了回來，接著鋼針在手中上下翻飛，如千手觀音般讓人眼花撩亂，牆壁揚起一片片細塵。等細塵漸漸散去，只見牆壁上竟然現出一幅巨大的牡丹圖。

侍女們都習慣了，這位看似纖柔純美的側妃實際上是個武林高手。

她淡淡的問：「出了什麼事？」

侍女甲忙回稟道：「奴婢看到……看到王爺竟然叫侍衛抬著用被子捲著的寧姨娘回了麟

跐殿。」

月嫵挑了挑黛眉，收起手中的銀針，說：「妳親眼所見？」

「是！」侍女甲回道。

侍女乙也跟著說：「奴婢也親眼看到了。側妃娘娘，您快點想個辦法吧，不能讓那個傻子捷足先登啊！」

月嫵垂下眸子靜靜的說：「我知道了，妳們退下吧。」

兩個侍女卻都驚訝起來：最近不是瘋傳兩位正在爭寵嗎？月側妃怎麼會這麼淡定？

見兩個侍女退下，月嫵才看了一眼指尖上的血點，那是剛才被針刺破的傷痕。她默默嘆了口氣，「寧子薰，妳夠大膽，竟然真的去招惹王爺……難道妳以為憑妳的本領能讓王爺動心？出了什麼事都是妳自己找的！至於武英侯家會不會被妳連累還是未知數。明年今日，我會去妳墳上奉一炷香……」

◎※※※◎※※※◎※※※◎

寧子薰被裹在被子一路顛簸，終於到了渴望已久的麟趾殿。她被侍衛輕輕的放在地上，然後聽見淳安王冷清的聲音響起：「你們退下吧。」

「是！」

侍衛的腳步聲漸漸遠去，然後響起大門關閉的聲音。

寧子薰只覺自己被狠狠踹了一腳，然後從被捲中滾了出來。她還沒爬起來，突然脖子上多了個冷冰冰的東西，「喀嚓」一聲把她鎖住了。寧子薰低下頭看了看，只見脖子上多了個冰冷沉重的「項圈」……

這時，一旁傳來淳安王冷冷的聲音：「不是想當本王的寵物嗎？妳可以好好享受寵物的待遇。」

「主淫，貓娘不喜歡被拴著……」寧子薰想要爬過去蹭淳安王，但離他還有半公尺時卻被鐵鏈硬生生拉住。原來鐵鏈的另一邊釘在牆上，而淳安王正好站在「安全」的距離，寧子薰伸出爪子卻怎麼也搆不到淳安王。

淳安王站在她面前，低頭審視著他的新寵物，冷冷的說：「既然想當個好寵物，從現在開始不准發出任何聲音，否則本王就擰斷妳的脖子！」

說完，他優雅的轉過身去，繡著玉蟒的衣襬掃過寧子薰的指尖，帶來一片柔滑的觸感。

只聽見淳安王走到門前大聲對侍衛吩咐道：「給本王拿一碗……不，拿一桶鹹魚來！」

不管怎樣，淳安王可不想讓人看到寧姨娘穿成這樣，寧姨娘是傻子，別人一定會以為是他「惡趣味」呢，這樣他的一世英名就丟到東海去了！所以他不讓任何人進來，站在門口接過鹹魚又把大門關上。

淳安王提著一桶魚走到寧子薰面前用力一摜，一隻僵硬的小鹹魚飛起來正好掉在寧子薰的兩隻貓耳之間。

「吃，沒本王的命令不准停！」說完，他轉身走到那寬大的黑漆書案前批閱起奏摺來。

「呃……我不玩扮演遊戲了行嗎？」寧子薰把小鹹魚從頭上拿了下來，用可憐兮兮的表情企圖打動冰山王，好把她「放貓歸山」……

學會用成語的她，最近越來越愛到處亂用成語了。

╮(╯_╰)╭

淳安王「埋首」在一堆奏摺中根本沒抬起頭，他漫不經心的說：「好啊，把鹹魚都吃光，本王會考慮的。」

帝國所有的決策幾乎全都出於淳安王一手，淳安王府門前經常車水馬龍，所有政事都由自淳安王的批示，淳安王府儼然比皇宮更熱鬧。群臣上朝也不過是走過場，真正想要處理政務，還得來淳安王府報到。於是連淳安王府周圍的住房都跟著漲價，成了群臣競相購買的最佳住宅。

——番薯你個大西瓜！尼瑪以為殭屍會怕吃鹹魚啊？只不過會導致體內鹽分過高，不及時補充水分會變乾屍而已！

此時淳安王正專注而認真的批奏摺，時而蹙起劍眉，時而提筆揮書……半天，沒有傳來預想到的哀求哭泣，他忍不住抬起頭，卻看到寧子薰正舉著鹹魚瞪著他。

終於看到他「關注」的目光，寧子薰挑釁般的把鹹魚塞進嘴裡咬了一大口，嚼了兩下，然後嚥下去。

淳安王挑了挑好看的劍眉，似乎很是「讚賞」，看著她一條一條的消滅鹹魚，他開口說道：「去年秋天白澤鄉大豐收，進貢皇都三萬斤秋魚，為了保存都醃製成魚乾，王府存了三千斤，妳可以隨便吃！吃到死都沒關係！」

「噗——」寧子薰終於吐了。

這時，外面傳來小太監尖利的嗓音：「七王爺駕到。」

淳安王終於從奏摺堆裡抬起頭，美目流光，揚聲道：「請七王爺自己進來！」

大門洞開，只見七王爺的木輪車緩緩滑進正殿，淳安王揚了揚唇角，就知道他聽到了消息會按捺不住跑來……

七王爺一眼就看到被鎖在旁邊的寧子薰，臉色鐵青的耷拉著貓耳朵趴在那裡，這一身貓衣顯得她呆萌呆萌的。他對她那一身性感的貓咪造型吹了個流氓口哨，一點不見以往的儒雅溫柔。

他似笑非笑，衝淳安王微微頷首，「六哥，喜歡我送的小貓咪嗎？」

一旁的「小貓咪」卻炸毛般的狠狠瞪著他，默默的吐出兩個字，看口型應該是：你妹！

淳安王表情平靜得不見一絲漣漪，「嗯，喜歡。就是食量不行，才吃了半桶鹹魚。」

七王爺俊臉上的微笑面具終於裂開了細紋，目光沉沉，挑釁般的笑道：「六哥是不是要守身如玉一輩子?難道是為了那個女人?」

淳安王終於坐不住了，霍地站起來，冷著臉走到七王爺面前推起木輪車走向內室，當路過寧子薰面前時，他還不忘給她一記威脅的冷視。

木輪車在幽深的長廊中發出陣陣吱呀聲，兩個人都異常的沉默。走到盡頭一間小小的耳室前，淳安王停住了腳步。

終於只剩他們弟兄兩人，淳安王垂下眸子說：「不要在我面前提起她。」

「逃避不代表忘卻，六哥，你的心就不能騰個地方讓別的女人進去嗎?」七王爺嘆了一口氣。

淳安王冷冷嗤笑：「所以你就找了這麼個極品給我?」

七王爺笑得風輕雲淡，「這三個女人裡，我倒最看好這位!」

淳安王目光一凜，「大婚當夜，你可是親眼看到她喝了毒酒身亡的!你告訴我，外面的那個究竟是人是鬼，還是咱們那位好嫂嫂——太后送來殺我的間諜？」

淳安王和寧子薰大婚當夜，喜娘遞過一盞合巹酒，那時淳安王已知那杯酒裡有毒，故意調換了酒杯的位置，於是寧子薰便喝了那杯毒酒，登時毒發身亡。這件事七王爺睿景是當事人，他親自證實那杯酒有毒，也見證了寧子薰的死亡。

七王爺眼中閃過一絲意味不明的光，頓了頓，說：「的確，不過誰又能說太后的毒酒沒有解藥呢？也許她下葬沒多久就被太后派人挖出來，然後灌了解藥呢！當日太后極力阻止寧子薰葬入宗墳，不就證明她有隱情嗎？而且當時你就曾懷疑，寧子薰有可能不知道合巹酒有毒，她是太后的替罪羊，所以毫無顧忌的飲了下去。就算她是太后派來的又怎樣？她還不是翻不出你的手心嗎？」

淳安王打斷他：「就算你所說的正確，那寧子薰現在像換了個人一樣，又怎麼解釋？」

「六哥……」七王爺面色嚴峻的說：「你體內的寒毒用了很多方法都不能抑制，再這麼下去是不行的！」

「寧子薰的事跟我的身體有什麼關係？」淳安王冷笑。

七王爺當然看出六哥的不滿，他一把抓住淳安王的手腕，說：「六哥，你要相信我！那個寧子薰……是你的解藥！你願意也罷，不願也罷，為了自己的身體就把她……用了吧！」

用女人當鼎器解毒……淳安王不是沒聽過，可是他也明白，用過的女人不死也會成廢人。他俊眉緊鎖，沉吟不語。

七王爺急切的說：「相信我，我是大夫！」

「為何……以前沒提過用女鼎？」淳安王緩緩開口。

——六哥是個精明的人，要瞞他還真得費盡心思！

七王爺答道：「因為寧子薰中了奇毒，現在體質異於常人，適合做解毒的鼎器，所以即便你用了她，也不會對她身體造成傷害的，而平常女子對於解毒則沒有任何幫助。」

看著淳安王越來越黑的臉，七王爺心裡也左右為難：六哥，我可是真心為你好呀！如果我告訴你外面鎖著的那位是什麼，估計打死你都不會上她了！

淳安王繃著俊臉說：「這個話題可以停止了，一會兒我還要進宮一趟。」

「六哥……」七王爺懇求的目光和小時候一樣。

淳安王最受不了他用這種目光看著自己，於是下意識的說：「我會考慮的……」

寧子薰當然不知道自己已經成了某種醫療器具，她正趁著沒人四處搜尋，在她能搆到的範圍內尋找看看有沒有暗格、地道之類的地方。

突然，聽到木輪車的聲音由遠及近，她忙滾回鹹魚桶邊繼續裝死……知道淳安王在她面前停下，她才緩緩抬起頭，幽怨的看著這兩個「壞淫」。

淳安王幽深的眸子不見一絲漣漪，如深潭般望著寧子薰，說：「老實待著，本王要去宮裡一趟。」

寧子薰聽了心中暗喜。

七王爺睿景朝她擺擺手，一臉壞笑的說：「寧小咪，好好待在家裡等主人吧！」

小喵……小咪……看來他還真把自己和貓畫等號了！寧子薰忍著想抽他一頓的衝動扭過頭去。要不是為了能單獨留在麟趾殿，她才不會受這兩個二百五的氣呢！

王爺嘴角明顯的抽了一下，把桌上一本奏摺揣入袖中和七王爺走出宮殿。

聽見宮門緊閉，寧子薰一下跳起來用力拉扯脖子上的鐵鏈。這時，又聽見大門發出聲響，嚇得她馬上縮在牆角……

這次進來的卻不是淳安王。一個年輕的小太監端著一盆清水走了進來，當他看到寧子薰這一身貓裝，差點把水盆扣在地上！他當然不會覺得傻子自己穿成這樣，理所當然的認定是王爺重口味……

可憐的淳安王，躺著也中槍。

小太監把水盆小心翼翼的放在寧子薰身邊，說：「王……王爺讓奴才給姨娘送水，奴才就守在門外，有什麼事就喊奴才吧。」

寧子薰側頭，問道：「你叫奴才啊？我第一次聽到這麼奇怪的人類名字。」

小太監真想把一盆水都扣她腦袋上，不過寧姨娘的話又不能不回，因此他氣哼哼說：「姨娘消遣小的，哪有人名字叫奴才的？身為太監，在主子面前當然要自稱奴才了。」

寧子薰繼續側頭問：「太監？這才是你的真名？」

「太監不是名字，是淨了身的人！姨娘沒什麼吩咐，奴才就退下了！」小太監終於明白了，跟傻子聊天他的智商都在直線下降！

寧子薰攔住他，皺眉道：「淨了身是什麼意思？」

「……」小太監默默舉起水盆。

「呃……難道不喝光就不告訴我嗎？」寧子薰顯然錯解了小太監的意思，搶過水盆咕咚咕咚喝個精光，然後舉著盆說：「這回可以告訴我了吧！」

小太監目瞪口呆的看著空空的水盆，又看了看寧子薰，心裡有一股想要撞牆的衝動。寧子薰卻不管這些，本著打破砂鍋問到底的決心，抓著小太監死死不放。小太監看自己沒辦法脫身，只好紅著臉小聲說了一句。

寧子薰擰著眉頭說：「你大點聲好不好！」

「太……太監就是……木有小雞雞！」小太監忍不住甩出寬麵條淚……王爺啊，快來救救奴才吧！

「小雞雞……」寧子薰核桃大的腦仁裡蹦出來的是一隻黃色毛茸茸的尖嘴小毛團，「我也沒有啊，這就叫太監？」

「不是啦！姨娘放開我吧，好疼啊！」小太監憋著一副苦瓜臉。

「你不講清楚我怎麼明白呀！」這小子分明是藏著秘密不肯說！

「姨娘就饒了奴才吧！您問王爺，他有的我沒有就知道啦！」

寧子薰一鬆手，小太監比兔子跑得都快，砰的一聲把大門關上。

寧子薰聳聳肩，這樣就好了，那小子一時半刻不會再進來搗亂了，趁現在沒人，她終於能解開鎖鏈好好搜查一番！

她用力拉扯脖子上的鎖鏈，咬著牙用力一扯，鎖鏈被扯斷了。

她開始四處亂翻，找尋一切可能放兵符的地方。那個面具人告訴她，兵符應該是金屬製成的半片虎頭形狀，用來跟領兵的將軍手中那半片相對，合成一塊才可調派人馬。

因為前朝動亂多為武將謀反，所以大齊對兵力控制的比較嚴格，如不見兩片合在一起的兵符，所有戍邊和守城的軍隊絕對不能調動，否則視為謀逆大罪，人人得而誅之。另外，先帝駕崩前昭告全國，把兵權和兵符都交與淳安王，如果不見兵符和淳安王的手諭，任何妄動之軍隊都會遭到每一處防守的攔截和阻擊。

所以說冷兵器時代落後呢，沒有通訊系統，只要見到那塊破鐵片就可以發動一場戰爭……那她拿到兵符再逼淳安王寫個手諭，是不是也能顛覆一下這個國家的政權呢？

她一邊胡思亂想、一邊手忙腳亂，幾乎把整個麟趾宮都翻遍了，也沒見到那個叫兵符的東西！難道有暗格？她又開始趴在地上東敲西敲，結果也沒發現什麼。

天色漸漸暗了，門外的小太監推開一條門縫，輕聲問：「寧姨娘，奴才進來掌燈了。」

寧子薰像箭一般衝回鐵鏈邊，把鐵鏈掛在脖子上。

這回小太監學聰明了，不再接近寧子薰，只是把大殿上的鶴嘴燈點亮便匆匆逃了出去。

◎※※※◎※※※◎※※※◎

昏黃的燈光讓黑暗而寬闊的宮殿多了一絲暖意，寧子薰抬頭看了看外面，覺得時間不早了，淳安王可能快回來了，為了不被發現她又用蠻力把鎖鏈擰上，不過那道明顯的裂痕可是怎麼都混不過去的，姑且先繞到脖子後面去，晚發現一時是一時啊～

寧子薰鬱悶了，這倒楣的兵符到底藏在哪兒了？不在淳安王的寢宮，還能在哪裡呢？如果她是淳安王，有個重要的寶貝她會藏在哪兒呢……

寧子薰一拍手掌：當然放在身上！

正在得意之時卻聽到外面傳來腳步聲，她忙縮成一團躲到帷幕後面。

小太監上前幫淳安王把披風解下，除去金冠，脫了外袍，只著一身懷素紗衣，襯著淺色直襟，更顯得如芝蘭玉樹般雅逸俊美。

他緩步走到寧子薰面前，冷冷掃了她一眼，說：「貓到了新環境都會四處摸索一遍……怎麼樣，我的麟趾殿好玩嗎？」

這裡難道安了監控設備？寧子薰驚訝的表情已經把她出賣了。

看到淳安王挑眉冷笑，寧子薰才懊惱的想：古代哪來的電子監控啊！

「我……我太無聊了，四處看看……你是怎麼發現的？」寧子薰不甘心的問。

淳安王垂眸說道：「桌子上的奏摺最上面的那本壓著第二本，露出『謹奏』兩字，剛才再看時卻只有『奏』字露在外面，當然是妳這隻野貓翻動過……」

——老兄，其實你也不是人類吧？這麼細微的差別都能看得出來？

寧子薰張了張嘴，沒說出一個字來。

淳安王回到桌前揉了揉太陽穴，顯得十分疲憊，也不知進宮一趟到底遇著什麼了。他閉著眼睛問道：「認字吧？給本王唸奏摺……」

寧子薰把早已斷裂的鎖鏈拿下來，走到淳安王桌前拿起一本奏摺剛要坐在椅子上，卻感覺後背突然一寒，回頭望之，果然冰山王爺正在瞪她……

哦，她又忘記了，古代要分尊卑的。

她看了看四周，除了這一張椅子外，什麼都沒有，於是她只好坐在地上打開一本黃綾摺子……這上面的字是亞洲地區流行的中國漢字！好在她一直在世界殭屍聯盟第五戰區——亞洲東區，所以對於漢字的掌握還算可以，憑著那點淺薄漢語的基礎算是能勉強認出幾個字。

寧子薰開始磕磕巴巴的讀道：「臣……臣聞家累千金，不坐……不坐垂堂，此言雖小可以喻大……」

某冰山原本閉著的眼睛忽然睜開，冷嗤道：「寧家大小姐才冠京城，還好妳有個傻了的藉口！」

呃……聽到這句話，寧子薰不禁想：那她是穿幫還是沒穿幫呢？

淳安王閉目，喝道：「繼續唸！」

寧子薰只好繼續唸道：「今陛下好……好陵阻險，射猛獸，卒然遇逸才之獸，駭不存之地。犯屬車之請塵，輦不及還轅，人不暇施巧，豈不殆哉！夫輕萬乘之重不以為安樂，出萬有一危之塗以為娛，臣竊為陛下不取。智者避危於無形，禍固多藏於隱微，而發於人之所忽也，臣願陛下留意幸察。」

其中唸了七、八處錯字，把「卒」唸成「碎」，把「駭」唸成「該」……淳安王都只裝作不聞，任她胡亂讀下去。

終於唸完了，寧子薰根本不知道自己唸的是什麼意思。

淳安王伸手接過寧子薰遞來的奏摺，在上面用朱筆劃了一個圈，就等於是陛下龍目御覽過後寫了個「准」字。

皇帝若有什麼愛好必然會成為御史臺的攻擊目標，喜歡美女就說「好色亡國」，喜歡打仗就說「窮兵黷武」……他這位皇姪喜好打獵，十四、五歲的男孩喜歡騎射也無可厚非，在這個年紀他都已經在戰場上第一次斬殺敵人了。不過這種事情他不會替皇姪擋下，怎麼對付御史臺是他自己的事！

他又丟給寧子薰一本，她繼續唸：「臣捧讀恩綸，涕淚交集。念臣受先帝重託，即矢以死報矣。今皇上聖學，尚未大成。諸凡嘉禮，尚未克舉……」

淳安王聽著頭疼……這奏摺是為皇上經筵的老翰林在埋怨，皇上頑劣又不是一天兩天，而他也不是第一次被硯臺砸傷，至於哭哭啼啼的要辭官嗎？他若走了，更沒人膽敢為皇上講課了！

他搶過奏摺提筆劃寫了個「不准」，又拿出另一本……

寧子薰有點想哭，讓她連猜帶矇的唸奏摺還不如揍她一頓痛快呢！

她讀得起勁，根本沒注意到淳安王不知何時已睜開了眼睛，靜靜的注視著她……

黛眉青瞳，微微蒼白的面孔在昏黃的燈光下顯得越加脆弱，彷彿是紙糊的人兒，輕輕一碰便會碎掉。偏偏這樣清秀而持重的模樣卻生了一副如此曼妙惹火的身材。

寧子薰捧著黃綾奏摺認真卻磕磕巴巴的讀著，沒有注意自己的肩帶已然滑落下來，豐滿的胸部呼之欲出，一抹雪色隱在斑紋貓服中忽隱忽現，修長而玲瓏的美腿毫無防備的微微敞開……寧子薰不明白，毫無動機自然流露出的性感才是最讓男人心中產生躁動和渴望。

淳安王的腦海中突然閃過七弟睿景的話：寧子薰……是你的解藥……

寧子薰正唸得起勁，突然感覺一隻手把她拉了起來，還沒等她明白怎麼回事，身體已落入寬廣的懷中。她的鼻子貼在金絲玄衣上，嗅到一股好聞的檀木香。

淳安王的手已伸進原本就很稀薄的衣料中，寧子薰抬起頭剛想說話，卻突然聽到細微的金屬摩擦聲，這聲音是人類聽覺不能感應到的。

「有情況！」她側頭望向窗外，推開淳安王的祿山之爪。

突然幾枝冷箭破窗而入，寧子薰自然能看清楚那帶著幽藍光芒的箭羽飛來，她用力一推，兩人滾到寬大的書桌下面。

冷箭釘在地上，發出嗡嗡的聲響，外面傳來一片嘈雜的叫喊聲和兵器交鋒發出的錚錚聲。

那群刺客究竟是什麼人，竟然敢公然襲擊守衛森嚴的淳安王府？

寧子薰緊緊抓著淳安王的手，低聲說：「外面，有七個人正快速接近麟趾殿，武器上有毒素，不要出去，中毒會很麻煩！」殭屍的靈敏嗅覺讓她可以聞到塗在武器上的毒，她還沒找到兵符，淳安王不能死！

淳安王感覺到她的力道很大，不由得瞇起眼睛……太后還真捨得把個妙人送給他！

外面激戰正酣，這十幾個頂級高手在其他同夥的掩護下突破重圍，疾風般的從後門攻入大殿。

黑衣殺手行動極為迅速，落地輕盈無聲，只見黑暗中閃過兵器的寒光。

左邊三個，右邊四個！寧子薰和淳安王緊緊縮在寬大的書桌下。

東亞地區的古武殺手是很難對付的，他們步態輕盈、速度如風、善於用各類暗器、精通人體學、通常一招致命……寧子薰此時只能回憶起格雷中隊長為她上戰技課程時講到的。

她記得當時自己問過格雷：「與這種人類相遇，應該如何對敵？」

格雷只說了一句：「如果不是長官命令死守，有多快，逃多快！殭屍不是他們的對手。」

眼看著敵人越來越近，寧子薰久戰沙場也難免心驚，此時她手中連把水果刀都沒有！

不過，她倒是可以很清楚的看到這幾個殺手的動作，他們互相掩護交替逐漸逼近，寧子薰發現左邊三點鐘方向有空檔，她毫不猶豫抄起桌上最堅硬的東西——硯臺，猛地砸向相反的方向。

殺手們朝聲響的方向追逐，趁著這個空檔，寧子薰拉著淳安王衝向三點鐘方向，還沒跑出五公尺，卻聽見後面傳來風聲，寧子薰回過頭，幾支輪形飛鏢已襲向淳安王的後心。

沒有時間再考慮，寧子薰猛地撲了過去，飛鏢射中她的左邊肩膀和手臂。她不禁皺緊眉頭，陌生的麻木感和疼痛感讓她不知所措。殭屍除了死亡，根本不會對任何傷痛有反應，為什麼她會感覺到疼？

這時，一襲白衣的月嫵飄然出現，擋在淳安王和寧子薰前面，手中長劍像條閃動著銀光的蛇，動作靈巧而詭譎，轉眼間三名刺客已倒在她的長劍之下。

見同夥死亡，外面淳安王府的人已漸漸控制住局面，剩下的四名刺客拚盡全力衝了上來，招招淩厲，月嫵漸漸有些支持不住。只聽身後風聲逼近，她回手抵擋，卻暴露了側翼，閃著寒光的刀已砍了下來……鮮血噴湧而出。

月嫵回頭，失聲叫道：「王爺！」

身後，淳安王替月嫵擋下了這刀，刀鋒把他的肩膀劃出一道長長的口子。

這時，刺客再次舉起刀，直取淳安王咽喉，月嫵忙舉劍相迎。

正在焦灼之中，只見那刺客突然身子一僵，倒了下去，後背上插著一支飛鏢。

「毒性挺猛！」寧子薰從肩膀上又拔下一支飛鏢，射向月嫵身側的刺客，一擊斃命。

而這時，王府的護衛們已衝進大殿，剩餘的刺客見狀，知道此次任務已然失敗，拿起手中的武器猛地插進自己的胸膛。

寧死也不留活口，是刺客的「優良品德」！寧子薰習慣性的挨個摸了摸動脈，都死得透透的了。

侍衛總管薛長貴率眾侍衛齊刷刷跪倒在地，說道：「屬下保護不當，請王爺責罰！」

寧子薰嘆了口氣，都忙著請罪，也沒有人先問問王爺的傷，中了毒也不知道淳安王會不會掛掉？

「王爺，你的傷沒事吧？應該叫人包紮一下。」寧子薰好意提醒道。

淳安王捂著肩膀站起來，冷冷的看著她說：「妳跟刺蝟一樣，還有閒心提醒本王！」

「呃……」寧子薰低下頭，忍著痛把剩下的飛鏢一一拔出，每拔一支就流出一股黑血。

經過寧子薰這一說，侍衛總管薛長貴這才紅著老臉扯脖子喊御醫。

而月嫵已經完全呆住了，眼中噙著淚水，一副我見猶憐的小白花狀。

不一時，一群御醫急忙奔了過來圍住王爺，號脈的號脈、上藥的上藥、包紮的包紮。

他只冷冷的說了一句：「寧姨娘也受傷了。」

御醫們一聽，又忙不迭的包圍住寧子薰。

人類的醫生醫術和手法真是沒得說，像她以前在戰場上腿都被炸斷一條，還不是得自己扛著爬回營地！哪裡受到過如此待遇？

大鬍子薛長貴檢查了一遍殺手的屍體，沉吟半晌，說：「雖然他們極力掩飾，身上並未留下任何可以證明身分的東西，可是看他們的手法和動作，倒像是活躍在齊、虞兩國中間地帶的毒龍教。他們使毒的手法十分厲害，王爺和寧姨娘沒中毒真是萬幸啊！」

淳安王和寧子薰倒有默契，同時垂下眸子。

這兩位其實都中了毒，只不過一個是非人類，對毒藥免疫；一個是已中了天下第一寒毒，其他的毒根本無法要他的命。

淳安王眼底沉著幾分不屑，冷哼道：「毒龍教……」

大鬍子薛長貴狠狠按住刀柄，說道：「毒龍教不知天高地厚，竟然敢把手伸到王府！請王爺派給屬下兩千精兵，屬下一定去把他們的老巢端了！」

月嫵聽說是毒龍教，已然發白的脣不禁又抖了抖，終究沒說出話來，像隻美麗的蝴蝶標本被釘在原地，一動不動。

「這件事你不用管，本王自有安排。」淳安王淡淡的說。

麟趾殿需要徹底打掃和修繕，於是淳安王命令──移駕……斑淚館。

寧子薰頓時石化了，連大鬍薛長貴都忍不住勸道：「斑淚館有點偏僻，王爺還是在啟政殿住吧，也便於護衛。」

淳安王挑了挑眉，大鬍子便流下冷汗，不禁又跪下磕起頭來口稱有罪。

淳安王緩緩開口：「你只負責府內的事情，其他本王自會安排。你們先退到殿外，本王有話對月嫵說。」

眾人行禮而退，只剩下月嫵。

My Zombie Princess

第10章 壞心眼的六皇叔

月嫵突然跪下，「是屬下的錯，讓王爺受了傷，請王爺責罰！」

淳安王面色如暗如深潭，冷冷說道：「妳口中的錯，是指故意拖延時間讓寧姨娘受傷，還是沒有向本王報告毒龍教最近的動向？」

淚水順著月嫵姣好的面龐流了下來，本來粉嫩如玫瑰的脣微微顫抖，她閉上眼睛，哽咽著說：「請王爺賜屬下一死！」

「本王答應過月影會好好照顧妳，妳現在是月家唯一的傳人，本王不會讓妳死。不過妳也不再適合留在本王身邊，本王會安排妳離開。」淳安王沉著眸子說道。

「王爺！」

月嫵突然抬起頭，似乎是鼓起最大勇氣，目光迎向她從來不敢直視的那人。

「從十歲起，我就知道我的生命和一切都是屬於王爺的，我努力讓自己變得更優秀，每天的生活就是不停的學習練武、琴棋書畫，沒有一天可以休息。我知道只有最優秀的人才能站在王爺身邊，我是如此努力的追逐著王爺的步伐，但是……」

「但是王爺從不曾回頭看我一眼！這些年來我一直都是王爺的擋箭牌，就連雲初晴都以為王爺最中意的女子是我。就算這樣我也很知足，幻想著或許有一天王爺等膩了那個人，就能駐足看我一眼。可是……」

「可是哥哥的死，讓王爺只把我當成責任和負擔，您給我名分、給我地位，可這些都不是我想要的！我……我只想留在王爺身邊，求王爺不要趕我走！」

這算是她有史以來最大膽的話吧？

她一直扮演著他心儀的女子，就算是演戲，當他的手輕扶著她的腰肢或在人前對她凝眸微笑，都會讓她臉紅心跳。如果這是演戲，她寧願永遠活在戲裡。她明知他的心不在這裡，可她就是莫名的沉淪了。

正因為太過了解，她才看得出寧子薰對他來說有些特殊。明明知道寧子薰可疑卻任由她接近，還破例把她召進只有心腹才能進入的麟趾殿，小德子還說他竟然……竟然讓寧子薰換上暴露性感的衣服，還把她用鎖鏈鎖住……

她的心一下子亂了，王爺對任何女人只有冷漠這一種表情，怎麼可能鎖住一個女人？她還以為王爺對所有女人都一樣，結果終於有一天王爺對女人有了興趣，可這個女人卻不是她！

這一切讓她嫉妒得發瘋，其實她已經獲悉了毒龍教的消息，可她卻做出了連她自己都不敢相信的事——瞞了下來！而且她故意在守衛上露出破綻，讓殺手們可以衝進麟趾殿，她竟然想用這個辦法讓不會武功的寧子薰受傷！

「欲望會讓人變得失去理智。月嫵，我不願意看到這樣的妳，我想月影也不願意看到這樣的妳。」淳安王垂著眸子看不出任何情緒。

提到哥哥，月嫵更加淚眼婆娑。她知道淳安王的脾氣，既然他做了決定就不會再改變。可是……她的一切、她的生命都是為了他而存在，如果淳安王不要她，那她只有一條路可走了……

月嫵跪下鄭重的向淳安王叩頭，「月嫵遵命，多謝王爺多年來的照應。月嫵知道，如果不是因為王爺憐顧，月嫵只怕早已不在這個世界了……月嫵的性命本來就是王爺給的，月嫵會以死謝罪的。」

淳安王冷冷的說：「怎麼？犯了錯還敢要脅本王？本王不要妳死，而是要妳易容去調查一件機密的事！這件事事關重大，本王只能派妳去辦。」

月嫵突然頓悟，向來做事滴水不漏的淳安王怎麼會任她在背後搗鬼？他早就知道她的所作所為，只是佯裝不知罷了。因為疏忽而使淳安王和寧姨娘受傷，她還有什麼藉口和臉面留在這裡？淳安王早就明白她的心意，只是不願接受，於是趁著這個機會把她調出王府。

不過看他嚴肅的表情，想來這次的事一定非同尋常……每每被他利用都是心甘情願，唯獨這次……她目光複雜的看向凝眉冷視的淳安王，那深潭般的眸子不起一絲波瀾，彷彿要把她吸進去，她覺得自己早晚有一天會溺死在這潭深不見底的池水中。

她輕輕跪下，最後一眼看著這個她一直深愛的男人，緩緩的說：「屬下，遵守王命！」

◎※※※◎※※※◎※※※◎

才一天吶，馬公公還沒想好是找幾個小倌色誘一下以證明王爺的性取向，還是乾脆讓他用點提高慾望的猛藥時，竟然發生了如此大事！又一批刺客被收拾掉了……唉，淳安王府已成了江湖頂尖刺客的試練地，如果沒來過淳安王府都不好意思說自己在刺客這行混過！

好在王爺的手下也不弱，都是些高手，更何況經驗豐富又是主場，自然勝算更高，而且還有月嫵在呢……

剛想到月嫵，月嫵就來了。

馬公公正趕往麟趾殿，迎面卻碰到臉色蒼白如紙的月嫵，於是他板著臉道：「聽說王爺受傷了，怎麼不在王爺跟前伺候著？」

月嫵抬起頭，看著馬公公，凝起一縷慘笑，說：「王爺已安排屬下去執行其他任務了，以後王府的安全事宜就全交給馬公公了，請您一定要好好保護王爺。」

「什……什麼？王爺讓妳離開王府？」馬公公驚訝的看著她。

月嫵認真的看著他，說：「我知道馬公公一直不喜歡月嫵，現在月嫵不在王爺身邊，您可以放心了。不過，請您要更加小心寧子薰，因為她是個不確定因素，我很害怕她會影響到王爺……」

說完，她行了個禮轉身而去，只留下馬公公在那驚訝的望著她的背影。

當馬公公趕到麟趾殿時，果然四周一片狼藉。他忙安排人打掃，把屍體抬出去。

淳安王只是淡淡的說：「安排人去斑淚館準備，本王要留宿斑淚館。」

馬公公看了一眼還在石化中的寧子薰，心中說不出的怪異：王爺做事一向很有條理，怎麼突然……難道王爺喜歡寧姨娘這樣「單純」的？

——嗯，一定是覺得雲初晴和月嫵都太過複雜，而且他平日壓力過大，實在不喜歡猜女人的心思，所以就選擇什麼都不問、什麼都不懂的寧子薰！

——嗯，一定是這樣的！

馬公公終於把心中的石頭放下了。只要王爺不是斷袖就好，喜歡什麼樣的女人都無所謂，只要快點生下小世子就好！

想到這，馬公公看寧子薰的目光越發和藹，看得寧子薰不禁側頭……疑惑不解的回瞪。

馬公公笑咪咪的朝淳安王施禮道：「老奴還是親自去瞧瞧，缺什麼心裡也有數！」

他領著一群太監和侍女來到斑淚館，這裡四周竹林圍繞，夏季倒恰是消暑的好地方，只是房屋稍嫌頹舊，院子還沒有麟趾殿正殿大呢，三間正房堆的都是些陳舊的家具，這讓王爺如何住得？

馬公公急令眾人把庫中的家什器具連夜搬出許多來布置，又吩咐侍女們把王爺素日的錦帳繡衾鋪陳一新，換下原來寧子薰那些女性化的妝布，又命花匠搬來許多盆盛開的紫茉莉、金蓮花、冬珊瑚、鳳尾蘭……把原本光禿禿的小院裝點得花團錦簇，把寧子薰留著當柴燒的破家具統統丟掉。

馬公公不愧是在宮中管過事的，指揮安排十分妥當，一個時辰內已把斑淚館改造成另一番模樣。

小瑜站在一旁看著奴僕們忙碌，心中早已抑制不住的怒火洶湧，他不知這股怒火從何而來，寧子薰成功了他應該高興才是，可他的心為何會如此灼痛？就像心愛的寶貝被人搶走了一樣？

他閉上眼睛，告訴自己要冷靜，他是個道士，不能被七情六欲操控！於是，他默默的唸起《清靜經》來。

夜涼如水，淳安王坐著香木腰輿，身後跟著眾多的侍女和太監，緩緩向斑淚館進發。

淳安王坐在嵌七寶妝花雕鏤著雲龍的坐床上，坐上鋪著貂鼠緣金錦條褥，格外柔軟。因是夏天，褥上又鋪了一層玉簟。

沒想到冰山居然也怕熱啊！一邊因為受傷才有特殊待遇的寧姨娘窩在兩人抬的小轎棚裡偷瞄，對於王爺突然要駕臨她的小窩感覺十分不爽。

那個小窩雖然很寒酸，卻是她和小瑜一點一點打理出來的。作為屍族戰士，向來都是以天地為家，四處作戰，難得有一個小窩是屬於她的，她早已把斑淚館當成自己的領地了，所以她不喜歡有陌生人入侵，尤其是目標敵人淳安王。

不過，寧子薰乾癟的腦仁卻沒想到一個問題，斑淚館根本就是淳安王的地盤！

當王爺的輿駕來到斑淚館時，小瑜已垂首等候在大門外了，旁邊還有十幾個一直伺候王爺的近侍。

小瑜不由得冷笑：寧子薰成功了，是他小看了殭屍呢，還是高看了王爺呢？

如果他看到自己望著寧子薰和淳安王一同出現時的目光是那般的駭人，應該也會被自己嚇到吧……

斑淚館三間正房，當然都是王爺的，一間是歇息室，一間是理政間，一間是退居處。地中央燃著他最喜歡的沉水香，珠簾低垂香簟生寒，檻窗外可聞風入竹林之聲。

淳安王不禁瞇起眼睛說：「此處倒是個紅袖添香夜讀書的好去處！」

不過一旁的「紅袖」卻沒啥自覺，看著自己辛苦建成的巢穴被霸占，她正鬱悶著呢。

經過這起事件，已經到了下半夜，馬公公見王爺受傷，便催促他早點休息。

淳安王點點頭說：「你們且退下吧，留寧姨娘與本王聊會兒天。」

這……不會是侍寢的含蓄說法吧？默默站在角落裡的小瑜抬起頭，看著根本不明白怎麼回事的寧子薰，他不禁皺緊了俊眉。

他的心不經意間狠狠抽搐了一下，他只有握緊拳頭才能抑制住自己。忽然，師父的話又在耳邊響起，他深深吸了一口氣，咬牙告訴自己：不能把她當人來看，她只是個殭屍！

他不敢再多看一眼，怕自己控制不住會衝過去。

最後……他垂下頭隨著眾人退了下去。

淳安王手臂纏著紗布舒服的倚在大迎枕上，除了俊顏略顯憔悴，依然保持著冰山本色，令寧子薰在沒解暑冰的情況下依然感覺涼爽。他目光像身旁的燭火，閃著忽明忽暗的光，把寧子薰攏在其中。

此時寧子薰早已換上一件得體的罩袍，上下包裹得嚴嚴實實，跟之前性感的貓娘相去甚遠。她不喜歡淳安王奇怪的目光，於是主動開口問道：「天色已晚，王爺，洗洗睡吧。」

淳安王支著那條受傷的手臂挑眉道：「妳比本王還性急啊……」

寧子薰側頭呆視……睡覺跟受傷有關係嗎？難道要坐著談一宿？她好像跟他也沒什麼可說的。

沉默了片刻，淳安王問道：「妳會寫字吧？代本王寫道上疏。」

淳安王傷在右臂，而寧子薰傷在左臂和左肩，兩人倒是很對稱。

寧子薰看了看他桌上的毛筆，果斷拒絕：「我不太會寫。」

在品香會上她的字就遭到嘲笑了，她才不要再次受淳安王打擊。她實在無法理解古代人怎麼可以如此虐待自己，用這種小毛刷當筆寫字？分明就是自虐。

淳安王瞬間又低了攝氏幾度，瞇著眼睛說：「過來，本王教妳寫！」

寧子薰只得乖乖走到桌前，聽從淳安王的指揮笨拙的拿起紫竹管狼毫筆……記得寫東西，好像要沾點黑墨。

她舉筆桿到石硯上，筆沒黑，淳安王的臉倒是黑了，「要弄濕才行！」

弄濕？上次鬥香時硯臺裡都裝著磨好的墨汁，怎麼弄濕呀？寧子薰想了想，把筆放在嘴裡……淳安王的眼中倒是有了幾分笑意，寧子薰想自己應該弄對了。於是她也微笑，露出一口黑牙。

過了很久之後她才明白，桌上那個小小水盂中裝的清水就是用來磨墨的。

——混帳的淳安王！分明就是存心欺負非人類生物！

不知道淳安王是不是故意噁心皇上，用和著殭屍唾液的墨寫奏摺。寧子薰也不明白，雖然淳安王右臂傷了不能寫字，王府有的是文官和書吏，如何輪得著她動手？

當她硬著頭皮把自己的狗爬字遞到淳安王面前，淳安王居然還點了一下頭，繼續叫她寫道：「賊之猖獗已非一日，陛下之安危繫於天下，因此，臣懇請陛下罷黜巡幸狩獵之事，嚴飭京城守衛之職……」

寧子薰倒是聽明白了一點，好像淳安王在說被刺一事。於是她抬頭說道：「光防守是沒用的，應該好好調查刺客背後的主使者是誰。」

「這些事情不是妳該操心的，本王自然知道是哪個小王八蛋幹的！」淳安王瞇著眼說，狹長的眸子倒多了幾分狐狸般的狡黠。

「小王？這姓氏……難道是土桑國的？難怪那種冷兵器看著眼熟，好像是土桑國忍者用的！」寧子薰拍案而起。

淳安王黑著臉說：「好好寫妳的吧！字都寫桌子上了！」

而此時，淳安王口中的「小王八蛋」正窩在寢宮裡興奮的等待消息，連給淳安王叔父攝政王的祭文都擬好了……

譙樓上鼓打三更，寧子薰終於把歪歪扭扭的奏摺寫完了。這篇洋洋灑灑好幾萬字的奏摺估計誰看完都得眼花！

「行了，睡會吧，明日本王還要上早朝。」

終於得到了赦令，寧子薰鬆了口氣，欲拔腿而逃卻被淳安王喝住：「大半夜的要去哪兒？還不滾過來睡覺！」

寧子薰揉了揉乾癟的肚子……今天還沒曬月亮呢，好餓！

因為淳安王的要求太過苛刻，她看了一眼滿屋的家具，頓了頓說：「我用爬行嗎？滾會撞傷腦袋的。」

隔著繪滿玉蘭花的翠縷床帳，寧子薰的殭屍眼還是很清楚的看到了淳安王的鍋底黑臉。她突然想到一個問題……人類口中的「睡覺」其實有兩種含意的：一是躺在床上挺屍，二是疊在一塊交配。王爺的意思是哪種呢？

人類交配的片源屬於禁片，普通的三等士兵當然沒權利看。看過一些人類殘留下來的古代影片，反正最後男性人類就把女性人類壓倒在床，然後……鏡頭就轉走了。究竟壓倒之後會怎麼樣呢？

正當她沉思之時，一個枕頭飛過來砸在她的頭上，床上傳來淳安王冷冷的聲音：「妳睡地上。」

她以為是「睡覺」，還好是「睡覺」！這下寧子薰放心了，把淳安王丟下來的褥子和被鋪好、抱著枕頭躺在地上，像隻貓一般蜷成一個團，看起來比小喵還乖。

第二天，王府傳來一件爆炸性的新聞，一向受寵的側妃月嫵不知何事被王爺貶到位於京郊的別院中思過。而當夜王爺竟然留宿在寧姨娘的斑淚館，並有一直住在那裡的趨勢……

這個大新聞似乎比淳安王遇刺更加讓人震驚！

月嫵乃是淳安王從少年時代就迷戀的女子，身為京師第一花魁色藝雙絕，堪稱完美典範。淳安王怎麼會突然把她貶黜於外？而那個突然受寵的寧姨娘一時間成了眾人關注的焦點，能把淳安王從月嫵手中搶到，這個寧姨娘真非凡人也！

幾個侍衛正聚在牆角低聲嚼舌根。

「你們說王爺到底因何把月側妃貶出京？月側妃可是京城第一美人呢！」侍衛甲抱著雙臂惋惜道。

「就是，聽說寧姨娘腦子有點……她是怎麼得到王爺歡心的？」侍衛乙好奇的問。

「絕色美女看多了也會審美疲勞，王爺的喜好……說不準吶！」侍衛丙摸著下巴沉思。

三人互相看了一眼，得出結果：王爺重口味！

這時，大鬍子薛長貴在後方一人賞了一腳，喝罵道：「在胡扯什麼！還不去備下儀仗，王爺馬上就要進宮了！」

眾人聽說王爺要進宮，心中都明白他傷得不重，那把側妃月嫵趕走自然也是藉口了。

從來只有新人笑，有誰記得舊人哭？侍衛們不禁唏噓……曾見過那位如夢如幻的美人像是謫仙一般侍奉王爺身側，沒想到紅顏命薄，流年已逝，就這樣被一個傻子打敗了，侍衛們能不心碎嗎？於是越加可憐月嫵，憎惡心機深沉的寧子薰。

◎※※※◎※※※◎※※※◎

淳安王的儀仗拉風的繞過京城主要幹道，才來到皇宮入口。登丹階入鳳闕，一路上朱衣紫袍的重臣見到一襲黑衣的淳安王都拱手而立，恭敬中隱約帶著一絲懼色和驚異……

大概都聽說昨晚淳安王府遇襲事件了。再瞥見淳安王黑色蟒紗內隱約露出的白布和他那霜寒似雪的冰顏，都不由得噤若寒蟬，不敢再多問。

在斐宸宮丹階下，他見到皇帝的貼身內侍六順，這小猴子一見淳安王便嚇得像見到鬼一般立刻趴在地上。

「叩……叩見攝政王！」

「皇上呢？」淳安王沉目問道。

「在宮中。」六順偷眼瞧淳安王，心中如擂鼓一般。

淳安王哼了一聲，轉身不理這猴子，邁步直入斐宸宮。

他的到來的確讓小皇帝元皓吃驚不小，雖然聽說殺手沒把他殺死，但也受了重傷，毒龍教一向以用毒而聞名於天下，所以元皓以為六皇叔怎麼也得傷個生活不能自理。沒想到淳安王受到毒劍所傷，第二天又生龍活虎的出現在他面前，讓他這個皇帝情何以堪！

不管如何悲憤，面子戲還是要演好的。元皓瞪著天真無邪的大眼睛驚訝的說：「今早聽聞六皇叔昨夜遇襲，朕正欲遣人前去問候，沒想到六皇叔竟然親自來了！今見六皇叔無事，朕心甚安。」

淳安王挑眉目光如劍，小皇帝元皓到底年幼，見他不開言不免心虛了幾分，擺弄著手中的玉柄如意，目光卻不敢與之相敵。

淳安王淡淡開口：「多謝陛下掛念，些微小傷不足掛齒。昨天遇襲倒是抓到一個活口，嚴刑之下他招供了……」

「啊？」元皓抬起頭，目光撞見淳安王才壓下心中的慌亂，問：「那殺手可曾說為何刺殺六皇叔？」

「說是有幕後指使，還未審出來……所以臣才著急進宮，萬一那殺手是虞國派來的，陛下豈不也有危險？所以臣有奏摺上稟，請皇上龍目御覽。」說罷，他從袖中掏出摺子遞給近侍太監。

近侍捧摺呈予皇上，元皓展開奏摺不由得瞪圓了眼睛，再瞄了一眼安之若素的淳安王，不由得皺緊了眉頭。

「奏摺乃是臣之心聲，為表忠誠，臣帶傷親寫，請陛下一定要認真閱讀。」淳安王坐在一向為他設的坐席上，接過太監獻上的香茗，慢慢啜著，看意思皇上要不當場讀完他是不會走的。

元皓瞇著眼認了半天，心中腹誹道：以為我小就不明白嗎？使劍兩手都可以互換的淳安王怎麼可能左手就寫出這種字來……這……這根本不是人寫的吧？

小皇帝幾欲抓狂，淳安王換過五盞新茶、如廁一次後，他才勉強「猜」懂淳安王的意思：要進諫停止一切狩獵活動，還有加強京畿守衛力量。

元皓犯了大錯，還有被揪住小辮子的危險，自然對淳安王提出的停止狩獵不敢有異議，他馬上點頭同意。至於京畿防衛如何加強，他表示要好好斟酌斟酌……

淳安王挑眉說道：「五城兵馬司竟然縱賊寇入城而毫無知覺，自然有責任，還有忠翊衛也罪責難逃，臣這裡擬了個撤換的單子，還請皇上為了京畿和皇宮的安全更換更有才能的人。」

淳安王呈上單子，小皇帝深深的吸了一口氣，才忍住不掀桌的衝動！

剛才的字跡比狗爬的都難看，這回的字卻清楚得分毫不錯！重點是……上面的人都是他好不容易才安插進去的！有許多已經升到指揮、千戶之職，眼看著就可以發揮作用了，結果卻在這個關鍵時刻被六皇叔挖了出來！

淳安王打著遇刺的藉口，把他安插的心腹都排擠掉了，他自登基就開始秘密進行的計畫，在淳安王這裡竟然無一點秘密可言！他……他這輩子難道真的要等淳安王入土才能當家作主嗎？

受到了嚴重的打擊，小皇帝元皓不免眼中帶著恨意，再也偽裝不下去，一雙狼般的眸子閃著幽光死死盯著淳安王。

淳安王稜角分明的脣微微一揚。這雙狼眼倒讓他覺得順眼多了，朱璃氏的男人們……先帝，還有成祖，都有著這樣一雙桀驁不馴的狼目。

算起來朱璃氏並不是真正的貴族，四代以前還只是沒有土地、沒有家產，在北方須連提山一帶搶劫的馬賊！傳說高祖——也就是朱璃氏的開國皇帝朱璃蒼狼當馬賊那會兒，那雙血紅色的狼眸能將敵人的馬匹嚇得不敢跑一步，嘶鳴著趴在地上，就像見到猛獸一般，所以有著北狄血統的朱璃氏也因狼目而威震北方。

天下大亂，引得無數英雄逐鹿中原，北方的朱璃氏也趁勢而起，帶著一群馬賊闖蕩天下。當然，幾經生死，還算有運氣的朱璃蒼狼像他老爹為他取的名字那樣有狼一般的凶狠和耐性，打下了北方三十六州，把那些自以為是的貴族嚇得南渡而逃，建立了大齊國，生了幾個有出息的兒子。

當然，不知是不是血統裡的馬賊基因在作怪，看上去知書達理、文質彬彬的兒子他偏偏不選，選的下任皇帝就是長了跟他一樣狼目的次子——朱璃囤。

名字雖然很鄉土，但成祖朱璃囤的確有膽略心機，硬生生把北狄占據的地盤搶了一半來，還把南面的虞國打服打怕，讓虞國把公主送來和親。成祖死後傳位於淳安王的大哥朱璃臨瓊。不知道是巧合還是故意為之，這三代皇帝都擁有一雙狼眸。

在詩禮文化的薰陶下，朱璃臨瓊和現在的小皇帝朱璃元皓只有在十分憤怒時才會顯出血色狼眸，平日裡都與常人無異。

淳安王不動聲色，端起茶來飲了一口。看著那雙眸子逐漸變得血紅，昨晚的怒氣才解了一半，他瞇起眼睛說：「未知陛下是何意見？飭治好防衛安全，臣好把人犯交給大理寺審查，畢竟作為攝政王，也不能私刑審問人犯。」

元皓強壓下這口氣，他的衝動付出的代價太大了！好不容易建立起來的小集團，竟然如此輕易的被剷除了。如果放在平常，淳安王就算想要剪除他的黨羽也要有足夠的理由，這回倒好，他搬起石頭砸了自己的腳！讓六皇叔這隻老狐狸有藉口清除本來還很稚嫩的京中帝黨勢力！

作為交換代價，他可以消滅罪證把暗殺的活口滅掉……看來要扳倒攝政王，他還任重而道遠啊！

◎※※※◎※※※◎※※※◎

寧子薰再睜開眼睛時，卻發現王府的一切都變了，原本淳安王府最偏僻、最荒涼的「冷宮」斑淚館，竟成了炙手可熱的地方。

外面人來人往，太監和侍女們川流不息把王爺的什物用器送到這裡，還有許多工匠在房頂上拔除衰草更換碎裂的瓦片，院子裡的鵝卵石甬路也都換成官窯燒製的上等青磚，磨縫拼接出對稱的花紋樣式。粉漆匠在刷牆，青石襯著白皮牆更顯清靜，一叢一叢的綠色植物代替了野草占據整個院落。

遠遠的寧子薰聽到「獼猴桃」撕心裂肺的慘叫聲，她一下從床上跳了下來。獼猴桃是她抓來的山豬，牠毛皮的顏色隨著年齡增長越來越像二十三世紀滅絕的水果植物獼猴桃，所以寧子薰才為牠取了這麼個名字。

當五更天時，她聽到淳安王悄悄下地，把她抱到床上，偽裝她曾幸福的在床上度過一晚的假象，然後穿衣離開。

貼身太監馬公公在門外悄悄問了句：「用不用送避子湯？」

他頓了頓才道：「不用！」

馬公公聲音顫動加驚喜的說：「寧姨娘是個有福之人。」

——有福你妹啊！餓了一晚又睡地板還有福？

寧子薰耳朵尖，聽到外面的對話，她捂著肚子磨牙暗罵。

她只穿著月白色的褻衣、赤著腳就跑了出來，長長的黑髮隨風輕舞，讓無數工匠和侍衛避之不及都垂下頭不敢抬起。

站在院中指揮的馬公公不禁皺眉，重重的咳了一聲，一旁邊乖巧機靈的侍女急忙回屋取來外衣和鞋子為她穿上，說道：「外面正在施工，姨娘有什麼吩咐但且支使奴婢們。」

寧子薰一邊披上衣服一邊說：「我的侍女小瑜呢？你們幹嘛把我的院子弄得亂七八糟？還有……誰在抓我的豬？」

馬公公走上前恭敬稟道：「姨娘不必著急，小瑜在偏房收拾姨娘的衣服，因為王爺要在這裡住，勢必要把斑淚館好好打理一番。至於那些野豬、錦雞、斑鳩……姨娘還是不養的好，萬一再傷了人就不好，要養就養隻小貓小狗什麼的。」

馬公公雖然態度恭敬，但言辭卻不容推卻。寧子薰抬起頭環顧四周，這些陌生人都用奇怪的目光看著她，把她僅有的小院也霸占了，她頓覺陷入了人海之中，一陣失落和恐慌襲上心來。

這時，小瑜捧著幾件衣服從西廂房走了出來。寧子薰看到小瑜，突然撲了過去伏在小瑜肩頭，像隻驚慌失措的小貓終於找到主人一般。

小瑜一時間也錯愕不已，只見寧子薰委屈的扁著嘴說：「他們占領了咱們家……把這裡弄得亂七八糟。」

這傢伙真把這裡當成家了！他知道殭屍喜歡占風水好的巢穴，沒想到還喜歡占地盤。他的心不禁升起一絲暖意，她把他當成唯一可以相信和依賴的人。他伸出手輕輕撫摸著那光滑柔順的青絲，低聲耳語道：「這裡不是咱們家，以後我們找一處山清水秀的鍾靈之地結廬而居，那才是真正的家！」

想到能生活在自然山水之間，寧子薰又不禁破涕為笑，高興的點點頭，任由小瑜拉著她走進西廂房。

小瑜把西廂房的門關上，把紙窗隔扇也放了下來，屋裡顯得有些黑暗，他拿出那把鑲銀的木梳子一下一下的為寧子薰梳理烏黑的長髮。

終於，他艱難的開口問道：「昨夜……他有沒有碰妳？」他沒有留意說出口時自己的語氣帶著隱隱的怒意。

寧子薰眨眨眼說：「碰？你的意思是想問他有沒有和我交配吧？」

突然，梳子狠狠扯住她的長髮，他瞇起眼道：「什麼交配？太粗鄙了！」

「那應該說什麼？合體？上床？推倒？嘶……木梳齒刮到傷口了！」寧子薰捂著頭不肯再受酷刑。

小瑜這才覺得自己好不容易恢復的平靜心態怎麼又消失了？再這樣下去，他還如何修上乘大道？於是他深深吸氣，讓自己的聲音盡量顯得平靜，「昨晚到底怎麼回事？」

寧子薰眨眨眼說：「昨晚他逼我寫了半夜的奏摺，然後就睡覺了……我睡在地上。」

寧子薰把奏章的內容大概向小瑜說了一遍，小瑜垂著星眸幫她盤髮，聽著她講話。滿是桂花香的油脂抹在髮梢，把她的長髮打理得更加烏黑光亮。

只聽見她說道：「對了，如果他要跟我上床怎麼辦？我還沒學習過人類交配呢，小瑜你知道是怎麼……」

突然寧子薰感覺自己動不了也說不了話了，小瑜陰沉著臉把人偶放回袖子，這才把長髮挽起花形扣在腦後用金釵別住。

「如果他逼妳上床，妳就極力反抗，告訴他……妳身子不方便！聽到沒有？」小瑜陰沉著臉說。

不方便？是什麼意思啊？寧子薰張了張嘴，依然發不出聲音。

這時外面傳來敲門聲，小瑜忙走過去開門。只見馬公公站在門外微微欠身，說道：「不知姨娘可否有空，老奴有話要對姨娘講。」

「馬公公請進。」小瑜低身施禮。

他知道馬公公在王府的地位，馬公公才是實際掌管王府事務的人，而雲王妃不過是掛個名銜而已，因為無論是戍衛或帳目，全都在馬公公的掌握中。看來就算是雲初晴，也不能得到淳安王的一絲信任，而跟了他這麼多年的月嫵也是說趕走就趕走了。淳安王這個男人對任何女人都是無情的，他對寧子薰只不過是利用罷了！

想到這點，小瑜心中才不那麼憤懣和惱怒。

而眼前這位馬公公也是需要好好應付的。因為淳安王的入住，馬公公也會經常出現在斑淚館，比起不經常出現的淳安王，在目光毒辣的馬公公面前，搞不好寧子薰更容易穿幫！

馬公公慢慢踱到內室，四處打量一番，對於自己安排的室內裝飾還算滿意，因為斑淚館四處環竹林，正應了那句名言：寧可食無肉，不可居無竹。無肉令人瘦，無竹令人俗。

不過滿眼翠色也顯得房間清素，所以他命人在月洞雪窗之下設一鸚哥架，不過金籠過於俗氣，他令人截一段古樸的虬枝固定在窗邊，再把鸚鵡安置其上，更顯趣意盎然。那隻海外進貢的鳳頭葵花白鸚鵡就立在枝頭時不時的展開頭上如武將盔翅般的翎羽，炫耀威風。

填漆倭几上擺著哥窯花尊，裡面盛開著無數朵大山茶花，紅豔豔的映著綠豆雲母掛屏，格外顯目雅致。

書案之上擺著文玩精石，牆上張著琴劍瀟灑，螺鈿填漆的花鳥拔步床上掛著鮫紗山水蚊帳，綠檀木的多寶閣上擺放著許多精美擺件，經過他這番裝點，這斑淚館才真正有了點意趣！真正的貴族並不是用金玉炫耀富貴，一行一舉都是出自沉澱在骨子裡的禮儀薰陶而成。

寧姨娘此時已迎了出來，對著他微微一福身，然後就用呆呆的金魚眼盯著他……

馬公公不禁悲憤：就算王爺喜歡單純，可寧姨娘她也……太純了吧？純得都有點蠢了！

他咳了一聲道：「寧姨娘，既然王爺如此寵信妳，希望姨娘能身體力行，做個言行符合淳安王府的淑媛，也不枉王爺如此厚愛。老奴知道姨娘失憶，所以特意替妳準備了《女誡》、《內訓》、《女論語》、《女範捷錄》，希望姨娘能好好學習，做好本分之事，不要恃寵而驕，遵守三從四德，做個合格的侍妾。」

《殭屍王妃01這個殭屍有點萌》完

敬請期待更精采的《殭屍王妃02》

飛小說系列127

殭屍王妃01

這個殭屍有點萌

出版者■典藏閣
作者■偽裝的魚　繪者■水々
總編輯■歐綾纖　企劃主編■PanPan
製作團隊■不思議工作室　代理出版社■廣東夢之星文化
郵撥帳號■50017206 采舍國際有限公司（郵撥購買，請另付一成郵資）
台灣出版中心■新北市中和區中山路2段366巷10號10樓
電話■(02)2248-7896　傳真■(02)2248-7758
物流中心■新北市中和區中山路2段366巷10號3樓
電話■(02)8245-8786　傳真■(02)8245-8718
ISBN■978-986-271-599-4
出版日期■2015年5月
全球華文國際市場總代理／采舍國際
地址■新北市中和區中山路2段366巷10號3樓
電話■(02)8245-8786　傳真■(02)8245-8718
新絲路網路書店
地址■新北市中和區中山路2段366巷10號10樓
網址■www.silkbook.com
電話■(02)8245-9896
傳真■(02)8245-8819

☞您在什麼地方購買本書？☜

1. 便利商店（______市／縣）：☐7-11　☐全家　☐萊爾富　☐其他______________

2. 網路書店：☐新絲路　☐博客來　☐金石堂　☐其他__________

3. 書店（______市／縣）：☐金石堂　☐蛙蛙書店　☐安利美特animate　☐其他____

姓名：__________地址：____

聯絡電話：__________電子郵箱：____

您的性別：☐男　☐女　　　　您的生日：__________年__________月__________日

（請務必填妥基本資料，以利贈品寄送）

您的職業：☐上班族　☐學生　☐服務業　☐軍警公教　☐資訊業　☐娛樂相關產業

☐自由業　☐其他____________

您的學歷：☐高中（含高中以下）　☐專科、大學　☐研究所以上

☞購買前☜

您從何處得知本書：☐逛書店　☐網路廣告（網站：______________）　☐親友介紹

（可複選）　☐出版書訊　☐銷售人員推薦　☐其他____________________

本書吸引您的原因：☐書名很好　☐封面精美　☐書腰文字　☐封底文字　☐欣賞作家

（可複選）　☐喜歡畫家　☐價格合理　☐題材有趣　☐廣告印象深刻

☐其他____________________

☞購買後☜

您滿意的部份：☐書名　☐封面　☐故事內容　☐版面編排　☐價格　☐贈品

（可複選）　☐其他

不滿意的部份：☐書名　☐封面　☐故事內容　☐版面編排　☐價格　☐贈品

（可複選）　☐其他

您對本書以及典藏閣的建議____

____

____

未來您是否願意收到相關書訊？☐是　☐否

感謝您寶貴的意見

印刷品

$3.5
請貼
3.5元
郵票
不思議信箱
FUSIGI POST

235　新北市中和區中山路二段366巷10號10樓

華文網出版集團　收

（典藏閣－不思議工作室）